静山社ペガサス文庫

吟《ぎん》遊《ゆう》詩《し》人《じん》ビードルの物《もの》語《がたり》

J.K.ローリング 作　松岡佑子 訳

Harry Potter

ハリー・ポッター シリーズ

『ハリー・ポッターと賢者《けんじゃ》の石《いし》』

『ハリー・ポッターと秘密《ひみつ》の部屋《へや》』

『ハリー・ポッターとアズカバンの囚人《しゅうじん》』

『ハリー・ポッターと炎《ほのお》のゴブレット』

『ハリー・ポッターと不死鳥《ふしちょう》の騎士団《きしだん》』

『ハリー・ポッターと謎《なぞ》のプリンス』

『ハリー・ポッターと死《し》の秘宝《ひほう》』

『吟遊詩人《ぎんゆうしじん》ビードルの物語《ものがたり》』
（ルーモスのためのチャリティ出版）

ホグワーツ校指定教科書

『幻《まぼろし》の動物《どうぶつ》とその生息地《せいそくち》』

『クィディッチ今昔《いまむかし》』
（ともにコミックリリーフのためのチャリティ出版）

「ハリー・ポッター」は世界《せかい》80か国語《こくご》以上《いじょう》に翻訳《ほんやく》されています。
以下《いか》のようなめずらしい言語《げんご》への翻訳《ほんやく》もなされています。

●ラテン語訳《ごやく》●

『ハリー・ポッターと賢者《けんじゃ》の石《いし》』

『ハリー・ポッターと秘密《ひみつ》の部屋《へや》』

●ウェールズ語《ご》、古代《こだい》ギリシャ語《ご》、アイルランド語《ご》の訳《やく》●

『ハリー・ポッターと賢者《けんじゃ》の石《いし》』

吟《ぎん》遊《ゆう》詩《し》人《じん》ビードルの物《もの》語《がたり》

THE TALES OF BEEDLE THE BARD

原語《げんご》の古代《こだい》ルーン語《ご》からの翻訳《ほんやく》
ハーマイオニー・グレンジャー

J.K.ローリング 作
松岡佑子 訳

LUMOS

First published in Great Britain in 2008
by Lumos (formerly the Children's High Level Group),
Gredley House 1-11 Broadway, London E15 4BQ,
in association with Bloomsbury Publishing Plc,
50 Bedford Square, London, WC1B 3DP

Lumos is the operating name of Lumos Foundation
(formerly the Children's High Level Group). It is a company limited by
guarantee registered in England and Wales, number: 5611912.
Registered charity number: 1112575 in England and Wales.

Japanese edition first published in 2008

This book is published in Japan by arrangement
with the author through The Blair Partnership.

www.wearelumos.org

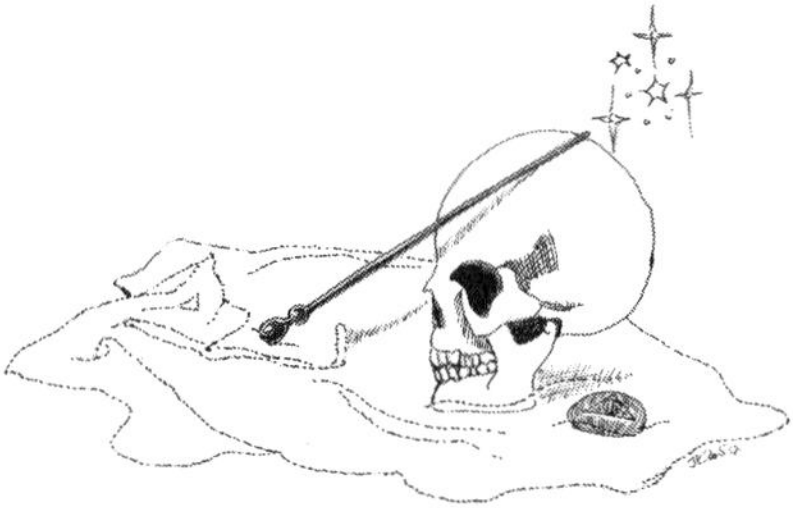

Contents

物語《ものがたり》を始《はじ》める前《まえ》に

『吟遊詩人《ぎんゆうしじん》ビードルの物語《ものがたり》』は、魔法界《まほうかい》の子供《こども》たちのために書《か》かれたおとぎ草子《ぞうし》です。寝《ね》る前《まえ》に読《よ》んで聞《き》かせる物語《ものがたり》として昔《むかし》から親《した》しまれてきたもので、ホグワーツ校《こう》の多《おお》くの生徒《せいと》たちにとって「魔法《まほう》使《つか》いとポンポン跳《と》ぶポット」や「豊《ゆた》かな幸運《こううん》の泉《いずみ》」は、マグル（非《ひ》魔法族《まほうぞく》）の子供《こども》たちにとっての「シンデレラ」や「眠《ねむ》り姫《ひめ》」と同《おな》じくらいによく知《し》られている物語《ものがたり》です。

「ビードルの物語《ものがたり》」には、私《わたし》たちマグル界《かい》のおとぎ話《ばなし》と似《に》かよった点《てん》が多《おお》く見受《みう》けられます。たとえば、よいことをすれば報《むく》われ、悪《わる》いことをすれば罰《ばち》が当《あ》たるという点《てん》です。しかし、ひとつだけ大《おお》きくちがうところがあります。それは、マグルのおとぎ話《ばなし》の多《おお》くでは、魔法《まほう》が主人公《しゅじんこう》を苦《くる》しめる根本的《こんぽんてき》な原因《げんいん》になることが多《おお》い、ということです――悪《わる》い魔女《まじょ》が毒《どく》リンゴを与《あた》える、お姫様《ひめさま》を百年《ねん》の眠《ねむ》りに落《お》とす、王子様《おうじさま》を醜《みにく》い獣《けもの》に変《か》えてしまう、などがそれです。一方《いっぽう》『吟《ぎん》遊詩人《ゆうしじん》ビードルの物語《ものがたり》』でも、主人公自身《しゅじんこうじしん》が魔法《まほう》を使《つか》えるにもかかわらず、問題《もんだい》の解決《かいけつ》に苦労《くろう》するという点《てん》はマグルの場合《ばあい》と同《おな》じです。

「ビードルの物語《ものがたり》」は、何世代《なんせだい》にもわたって魔法族《まほうぞく》の親《おや》たちが子供《こども》に、魔法《まほう》は、問題《もんだい》を解決《かいけつ》するだけでなく引《ひ》き起《お》こしもするものなのだ、という人生《じんせい》の苦《にが》い事実《じじつ》を教《おし》えるのに役立《やくだ》ってきました。

魔法界《まほうかい》とマグル界《かい》の寓話《ぐうわ》には、もうひとつ、はっきりしたちがいがあります。「ビードルの物語《ものがたり》」に出《で》てくる魔女《まじょ》たちが、マグルのおとぎ話《ばなし》のヒロインよりもずっと積極的《せっきょくてき》に幸福《こうふく》を求《もと》めるという点《てん》です。アシャ、アルシーダ、アマータ、バビティうさちゃんなどの魔《ま》女《じょ》たちは、全員《ぜんいん》が、自分《じぶん》の運命《うんめい》は自分自身《じぶんじしん》で切《き》り開《ひら》こうとします。長々《ながなが》と眠《ねむ》り続《つづ》けたり、誰《だれ》かが靴《くつ》の片方《かたほう》を探《さが》してきてくれるまで待《ま》ったりはしません。ただし、ひとりだけ例外《れいがい》があります――「毛《け》だらけ心臓《しんぞう》の魔法戦士《まほうせんし》」に出《で》てくる、名《な》も知《し》らぬ乙女《おとめ》は、もう少《すこ》し、私《わたし》たちの考《かんが》えるおとぎ話《ばなし》のお姫様《ひめさま》のイメージに近《ちか》い振《ふ》る舞《ま》いをします。そして、このお話《はなし》だけは、「めでたし、めでたし」では終《お》わりません。

吟遊詩人《ぎんゆうしじん》ビードルは十五世紀《せいき》の魔法使《まほうつか》いですが、その生涯《しょうがい》のほとんどは謎《なぞ》に包《つつ》まれています。ヨークシャー生《う》まれだということ、また、たったひとつ残《のこ》っている木版画《もくはんが》から、並《なみ》はずれて豊《ゆた》かなあごひげをたくわえていたことだけがわかっています。物語《ものがたり》が作者《さくしゃ》の考《かんが》え方《かた》をそのまま反映《はんえい》しているとすれば、ビードルはマグルのことを、悪《わる》ではなく無知《むち》なものとみなしていたようで、そんなマグルにむしろ好意《こうい》を抱《いだ》いていたと思《おも》われます。一方《いっぽう》、闇《やみ》の魔術《まじゅつ》には不信感《ふしんかん》を持《も》ち、そのような行《い》きすぎた魔法行為《まほうこうい》は、残忍《ざんにん》さ、無関心《むかんしん》、または傲《ごう》慢《まん》さによる能力《のうりょく》の濫用《らんよう》といった、過度《かど》にマグル的特徴《てきとくちょう》に根《ね》ざしていると考《かんが》えていました。

「ビードルの物語《ものがたり》」に登場《とうじょう》するヒーローやヒロインは、誰《だれ》よりも強《つよ》い魔力《まりょく》によって勝利《しょうり》を得《え》る英雄《えいゆう》ではなく、むしろほかの人《ひと》よりもやさしく、より常識《じょうしき》があり、創意工夫《そういくふう》の力《ちから》を発揮《はっき》する人《ひと》たちです。

近世《きんせい》の魔法使《まほうつか》いの中《なか》で、ビードルにとても近《ちか》い考《かんが》えを持《も》つ人《ひと》と言《い》えば、アルバス・パーシバル・ウルフリック・ブライアン・ダンブルドア教授《きょうじゅ》その人《ひと》です（勲《くん》一等《とう》マーリン勲章《くんしょう》、ホグワーツ魔法魔術《まほうまじゅつ》学校校長《がっこうこうちょう》、国際魔法使《こくさいまほうつか》い連盟議長《れんめいぎちょう》、ウィゼンガモット主席魔法戦《しゅせきまほうせん》士《し》）。そもそも見解《けんかい》が類似《るいじ》しているとは言《い》え、ホグワーツ校《こう》の古文《こもん》書館《じょかん》に遺贈《いぞう》された多《おお》くの論文《ろんぶん》の中《なか》に、『吟遊詩人《ぎんゆうしじん》ビードルの物語《ものがたり》』に関《かん》する一連《いちれん》のメモ書《が》きが発見《はっけん》されたのは驚《おどろ》くべきことでした。これらが、自己満足《じこまんぞく》のために書《か》かれたものか、将来出版《しょうらいしゅっぱん》するための論《ろん》評《ぴょう》だったのかは、もはや知《し》るすべもありません。

今回《こんかい》、現校長《げんこうちょう》であるミネルバ・マクゴナガル教授《きょうじゅ》からご親切《しんせつ》にも許可《きょか》をいただきましたので、ハーマイオニー・グレンジャーの新訳《しんやく》ともに、ダンブルドア教授《きょうじゅ》のメモを加《くわ》えて出版《しゅっぱん》できることになりました。魔法史《まほうし》に関《かん》する所見《しょけん》、個人的《こじんてき》な思《おも》い出《で》、個々《ここ》の物語《ものがたり》の鍵《かぎ》となる啓蒙的《けいもうてき》な情報《じょうほう》などをふくむダンブルドア教授《きょうじゅ》の見識《けんしき》あるメモが、『吟遊詩人《ぎんゆうしじん》ビードルの物語《ものがたり》』を深《ふか》く味《あじ》わうために、魔法界《まほうかい》とマグル界《かい》とを問《と》わず、若《わか》い世代《せだい》の読者《どくしゃ》の役《やく》に立《た》つことを望《のぞ》みます。

このプロジェクトの版権料《はんけんりょう》が全額《ぜんがく》、「ルーモス」（苦《くる》しい環境《かんきょう》に置《お》かれ、声《こえ》を上《あ》げる必要《ひつよう》に迫《せま》られた子供《こども》たちのために尽力《じんりょく》しているグループです）に寄付《きふ》されることから、ダンブルドア教授《きょうじゅ》が今回《こんかい》のプロジェクトを喜《よろこ》んで支援《しえん》するであろうことは、教授《きょうじゅ》を個人的《こじんてき》に知《し》る者《もの》であれば誰《だれ》もが信《しん》じて疑《うたが》いません。

ダンブルドア教授《きょうじゅ》のメモについて、もう一言《ひとこと》だけ書《か》き添《そ》えなければなりません。このメモは、ホグワーツの天文台《てんもんだい》の塔《とう》の上《うえ》で起《お》こった、あの惨事《さんじ》からさかのぼること一年半《ねんはん》ほど前《まえ》に書《か》き上《あ》げられた、と考《かんが》えられます。魔法界《まほうかい》の近年《きんねん》の戦《たたか》いの歴史《れきし》にくわしい方《かた》であれば(たとえば「ハリー・ポッター」のシリーズを全巻《ぜんかん》お読《よ》みになった方《かた》は)、本書《ほんしょ》の最後《さいご》の一篇《いっぺん》に関《かん》しては、教授《きょうじゅ》が自分《じぶん》の知《し》る――また は推量《すいりょう》する――すべてを書《か》き表《あらわ》してはいないということに気《き》づかれるでしょう。伏《ふ》せた理由《りゆう》は、おそらく、ダンブルドアが何年《なんねん》も前《まえ》に、自分《じぶん》のお気《き》に入《い》りだった、そして最《もっと》も有名《ゆうめい》だったある生徒《せいと》に対《たい》して「真実《しんじつ》」について語《かた》った言葉《ことば》に含意《がんい》されているのではないかと思《おも》われます。

それはとても美《うつく》しくも恐《おそ》ろしいものじゃ。だからこそ注意深《ちゅういぶか》く扱《あつか》

わなければなるまい。

ダンブルドアの考《かんが》えに賛成《さんせい》かどうかは別《べつ》として、教授《きょうじゅ》が未来《みらい》の読《どく》者《しゃ》を、ある誘惑《ゆうわく》から守《まも》ろうとしたことは許《ゆる》せるのではないでしょうか。教授自身《きょうじゅじしん》がその誘惑《ゆうわく》に負《ま》け、そのために恐《おそ》ろしい代償《だいしょう》を払《はら》ったのですから。

二〇〇八年《ねん》

J・K・ローリング

【註《ちゅう》書《が》きに関《かん》して】

ダンブルドア教授《きょうじゅ》は、魔《ま》法界《ほうかい》の読者《どくしゃ》を対象《たいしょう》として物語《ものがたり》のメモを書《か》かれたと思《おも》われます。そこで、マグルの読者《どくしゃ》にわかりやすくするために、私《わたし》がところどころに言葉《ことば》や事実《じじつ》に関《かん》する解説《かいせつ》を加《くわ》えました。私《わたし》の解説《かいせつ》にはＪＫＲという頭文字《かしらもじ》が入《はい》っています。

Ｊ・Ｋ・Ｒ

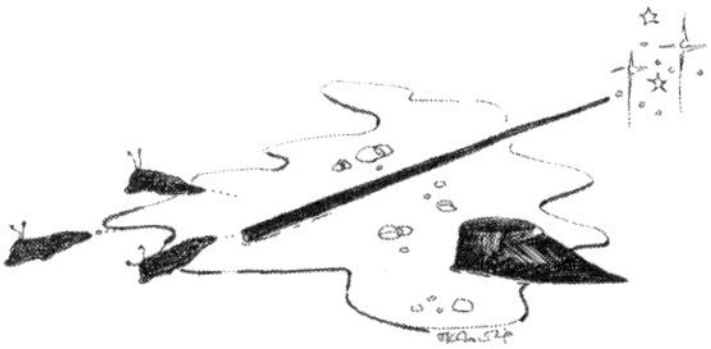

1

魔法使《まほうつか》いとポンポン跳《と》ぶポット

THE WIZARD AND THE HOPPING POT

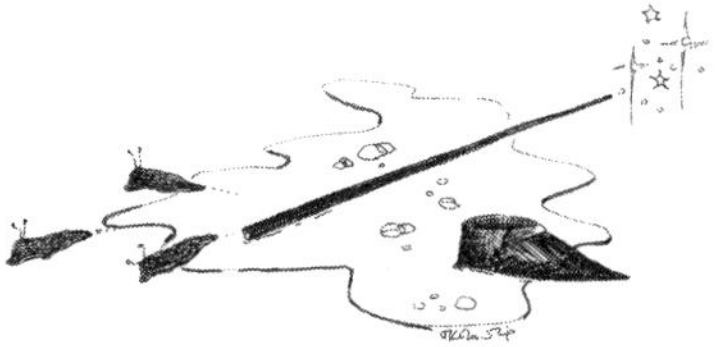

昔《むかし》あるところに、親切《しんせつ》な魔法使《まほうつか》いの老人《ろうじん》が住《す》んでいました。老魔法使《ろうまほうつか》いは、近所《きんじょ》の人々《ひとびと》のために、惜《お》しげもなく賢《かしこ》く魔法《まほう》を使《つか》いました。この魔法使《まほうつか》いは、自分《じぶん》の魔力《まりょく》を隠《かく》して、薬《くすり》やおまじないや解毒剤《げどくざい》が、「幸運《こううん》のポット」と呼《よ》んでいる小《ち》いさな料理《りょうり》用《よう》のポットからひとりでに湧《わ》いて出《で》てくるように見《み》せかけていました。何《なん》キロも先《さき》から、悩《なや》みごとを抱《かか》えて老人《ろうじん》を訪《たず》ねてくる人々《ひとびと》のために、老魔法使《ろうまほうつか》いは快《こころよ》くポットをかき回《まわ》しては、問《もん》題《だい》を解決《かいけつ》してあげました。

この魔法使《まほうつか》いは、みんなから慕《した》われて長生《ながい》きしましたが、やがて一人息子《ひとりむすこ》に全財産《ぜんざいさん》を遺《のこ》して亡《な》くなりました。この息子《むすこ》は、やさしい父親《ちちおや》とはまったくちがった性格《せいかく》でした。息子《むすこ》は、魔法《まほう》の使《つか》えない人間《にんげん》は何《なん》の価値《かち》もないと考《かんが》えていましたから、惜《お》しげもなく魔法《まほう》を使《つか》って近所《きんじょ》の人《ひと》を助《たす》けてばかりいる父親《ちちおや》とは、よく言《い》い争《あらそ》いをしました。

父親《ちちおや》が亡《な》くなったあと、息子《むすこ》は古《ふる》い料理《りょうり》ポットの中《なか》に、自分《じぶん》の名前《なまえ》が書《か》かれた小《ちい》さな包《つつ》みを見《み》つけました。金貨《きんか》ではないかと期待《きたい》しながら開《あ》けてみると、金貨《きんか》どころか、はくには小《ちい》さすぎるふわふわの分厚《ぶあつ》いスリッパが、しかも片方《かたほう》だけ入《けい》っていました。スリッパの中《なか》には羊皮紙《ようひし》の切《き》れ端《はし》があり、こう書《か》かれていました。

息子《むすこ》や、おまえがこれを使《つか》わなくてすむとよいのじゃが

息子《むすこ》は、年《とし》のせいで頭《あたま》がおかしくなったにちがいない、と父《ちち》親《おや》をののしりながら、スリッパをポットの中《なか》に投《な》げ入《い》れました。そして、そのポットをゴミ入《い》れとして使《つか》おうと決《き》めました。

その夜《よる》のことです。農家《のうか》のおばあさんが、玄関《げんかん》の戸《と》をたたきました。

「先生《せんせい》、孫娘《まごむすめ》がイボだらけになってしまったんでございます」

おばあさんが訴《うった》えました。

「老先生《ろうせんせい》は、あの古《ふる》いポットで湿布用《しっぷよう》の特効薬《とっこうやく》をお作《つく》りくださったんでございますが……」

「帰《かえ》れ！」

息子《むすこ》は大声《おおごえ》で言《い》いました。

「おまえのところのガキのイボなど、おれの知《し》ったことか」

そして息子《むすこ》は、老婆《ろうば》の鼻先《はなさき》で戸《と》をピシャリと閉《し》めてしまいました。

そのとたん、台所《だいどころ》からガランガラン、バンバンという大《おお》きな音《おと》が聞《き》こえてきました。息子《むすこ》の魔法使《まほうつか》いが、杖灯《つえあか》りをつけて台《だい》所《どころ》の戸《と》を開《あ》けてみると、驚《おどろ》いたことに、父親《ちちおや》の古《ふる》いポットが真《しん》鍮《ちゅう》の足《あし》を一本生《ぼんは》やして、台所《だいどころ》の真《ま》ん中《なか》の石畳《いしだたみ》の上《うえ》でポンポン跳《と》びはねながら、恐《おそ》ろしくやかましい音《おと》を立《た》てていました。息子《むすこ》の魔法使《まほうつか》いは何《なに》ごとかとポットに近寄《ちかよ》りましたが、ポットの表《ひょう》面《めん》がイボだらけなのを見《み》て、あわてて後《あと》ずさりました。

「汚《きたな》らしいヤツめ！」

そうさけぶなり、息子《むすこ》はポットにまず「消失呪文《しょうしつじゅもん》」をかけ、つぎに魔法《まほう》できれいにしようとし、ついには家《いえ》から外《そと》に押《お》し出《だ》そうとしました。

でも、どの呪文《じゅもん》も効《き》きません。ポットはポンポン跳《と》びはねながら、ガランガラン、バンバンと大《おお》きな音《おと》を立《た》てて木《き》の階段《かいだん》を一段《だん》ずつ上《あ》がり、台所《だいどころ》から寝室《しんしつ》まで息子《むすこ》を追《お》ってきました。しかし、息子《むすこ》にはどうすることもできません。

イボだらけの古《ふる》いポットがベッドのわきでバンバン音《おと》を立《た》てるので、息子《むすこ》は一晩中《ひとばんじゅう》眠《ねむ》れませんでした。つぎの朝《あさ》も、ポットは朝食《ちょうしょく》のテーブルまで、ポンポン跳《と》びながらしつこくついてきました。**ガラン、ガラン、ガラン**。真鍮足《しんちゅうあし》のポットが跳《と》びはねます。

まだオートミールに口《くち》もつけないうちに、またしても玄関《げんかん》の戸《と》をたたく音《おと》がしました。

戸口《とぐち》には老人《ろうじん》が立《た》っていました。

「先生《せんせい》、わしのロバのやつが――」

老人《ろうじん》が言《い》いました。

「あの雌《めす》ロバめ、姿《すがた》が見《み》えねえんでごぜえます。盗《ぬす》まれたかもしんねえ。あいつがいねえと、市場《いちば》で売《う》る物《もの》が運《はこ》べねえ。わしの家族《かぞく》は今晩《こんばん》、腹《はら》ぺこでごぜえます」

「おれはたったいま腹《はら》ぺこだ！」

そうどなるなり、息子《むすこ》の魔法使《まほうつか》いは、老人《ろうじん》の鼻先《はなさき》でピシャリと戸《と》を閉《し》めました。

ガラン、ガラン、ガラン。一本足《いっぽんあし》の真鍮《しんちゅう》ポットが床《ゆか》を踏《ふ》み鳴《な》らしました。しかもこんどは、足音《あしおと》に加《くわ》えてロバの鳴《な》き声《ごえ》と、腹《はら》を空《す》かせた人間《にんげん》のうめき声《ごえ》までが、ポットの底《そこ》から響《ひび》いてきました。

「動《うご》くな。だまれ！」

息子《むすこ》は悲鳴《ひめい》をあげましたが、どんな魔法《まほう》を使《つか》っても、イボだらけのポットをだまらせることはできませんでした。一日中《いちにちじゅう》、息子《むすこ》がどこに行《い》こうが何《なに》をしていようが、ポットはロバの鳴《な》き声《ごえ》やら人《ひと》のうめき声《ごえ》やらをあげ、ガランガランの音《おと》を響《ひび》かせて、息子《むすこ》のあとにくっついて跳《と》びはねていました。

その晩《ばん》、三人目《にんめ》が戸《と》をたたきました。若《わか》い女性《じょせい》が、胸《むね》も張《は》り裂《さ》けんばかりに泣《な》きながら戸口《とぐち》に立《た》っていました。

「わたしの赤《あか》ちゃんが、とっても具合《ぐあい》が悪《わる》いんです」

女性《じょせい》が言《い》いました。

「どうぞお助《たす》けください。老先生《ろうせんせい》は、何《なに》か困《こま》ったことがあれば来《く》るようにとおっしゃいました……」

しかし息子《むすこ》は、ピシャリと戸《と》を閉《し》めました。

あのわずらわしいポットは、こんどはなみなみと塩水《しおみず》で満《み》たされていました。ポットがロバの鳴《な》き声《ごえ》を上《あ》げたりうめいたりしながら跳《と》びはねるたびに、床《ゆか》いっぱいに塩水《しおみず》の涙《なみだ》がこぼれました。

そのうえポットは、ますますイボだらけになりました。

その週《しゅう》はもう、助《たす》けを求《もと》めて魔法使《まほうつか》いの小屋《こや》を訪《たず》ねる村人《むらびと》はいませんでした。しかしポットは、村《むら》に起《お》きているあらゆる不《ふ》幸《こう》のことを息子《むすこ》に知《し》らせ続《つづ》けました。二、三日《にち》たつと、ポットは、ロバの鳴《な》き声《ごえ》やうめき声《ごえ》をあげて跳《と》びはねたり、イボを吹《ふ》き出《だ》したりするばかりではなくなりました。息《いき》を詰《つ》まらせたり、ゲーゲー吐《は》いたり、赤《あか》ん坊《ぼう》のように泣《な》きわめいたり、犬《いぬ》のようにクンクン哀《あわ》れっぽく鳴《な》いたり、腐《くさ》ったチーズや饐《す》えたミルクを吐《は》き出《だ》したり、さらにはナメクジがどっさり出《で》てきてそこいら中《じゅう》を食《く》い荒《あ》らしたりするようになりました。

息子《むすこ》の魔《ま》法使《ほうつか》いは、そばにポットがいると、眠《ねむ》ることも食《た》べることもできません。それでもポットは頑《がん》として離《はな》れません。

息子《むすこ》は、だまらせることも、力《ちから》ずくでおさえて動《うご》かないようにすることもできませんでした。

とうとう息子《むすこ》は降参《こうさん》しました。

「困《こま》ったことがあったら、おれのところに来《こ》い！　どんな悩《なや》みでも苦《くる》しみでも持《も》ってこい！」

息子《むすこ》は夜中《よなか》に家《いえ》から飛《と》び出《だ》して、跳《と》びはねるポットにつきまとわれ、大声《おおごえ》でさけびながら村《むら》にかけこみました。

「来《く》るがいい！　病気《びょうき》やけがを治《なお》し、苦《くる》しみを癒《い》やしてやろう！　おやじの料理《りょうり》ポットがある。おれが治《なお》してやる！」

ポンポン跳《は》ねる汚《きたな》いポットに追《お》われるように、息子《むすこ》は村《むら》の通《とお》りを走《はし》り回《まわ》り、四方八方《しほうはっぽう》に呪文《じゅもん》をかけました。

ある家《いえ》の小《ちい》さな女《おんな》の子《こ》は、寝《ね》ているうちにイボが消《き》えてなくなりました。行方不明《ゆくえふめい》だったロバは、遠《とお》く離《はな》れた野《の》イバラのやぶから「呼《よ》び寄《よ》せ」られ、そっと小屋《こや》に降《お》ろされました。病気《びょうき》の赤《あか》ん坊《ぼう》はハナハッカで洗《あら》われ、バラ色《いろ》のほおをして元気《げんき》に目《め》を覚《さ》ましました。病《やまい》や悲《かな》しみを抱《かか》えたすべての家《いえ》で、息子《むすこ》の魔《ま》法使《ほうつか》いは全力《ぜんりょく》を尽《つ》くしました。つきまとっていたポットはだんだんおとなしくなり、うめいたり吐《は》いたりするのをやめて、つるつるのピカピカになりました。

「さあ、ポット、どうする？」

太陽《たいよう》が昇《のぼ》りかけたとき、息子《むすこ》は身震《みぶる》いしながら聞《き》きました。

ポットは息子《むすこ》が投《な》げ入《い》れた片方《かたほう》だけのスリッパを「ゲーップッ」と吐《は》き出《だ》し、はかせてくれと真鍮《しんちゅう》の足《あし》をさし出《だ》しました。

二人《ふたり》は一緒《いっしょ》に家路《いえじ》につきました。ポットの足音《あしおと》は、もう聞《き》こえなくなっていました。そしてその日《ひ》から、息子《むすこ》の魔法使《まほうつか》いは、父親《ちちおや》と同《おな》じように、村人《むらびと》を助《たす》けるようになりました。ポットがスリッパを脱《ぬ》いで、またポンポン跳《と》びはねたりしないように。

めでたし、めでたし。

「魔《ま》法《ほう》使《つか》いとポンポン跳《と》ぶポット」に寄《よ》せて

アルバス・ダンブルドア

親切《しんせつ》な老《ろう》魔《ま》法《ほう》使《つか》いは、冷《つめ》たい息子《むすこ》にマグルの村人《むらびと》の苦《くる》しみを味《あじ》わわせることで、教訓《きょうくん》を与《あた》えようとした。息子《むすこ》の魔《ま》法《ほう》使《つか》いは良心《りょうしん》に目《め》覚《ざ》め、魔《ま》法《ほう》の力《ちから》を非魔法族《マグル》の隣人《りんじん》たちのために使《つか》うようになった。わかりやすい心温《こころあたた》まる寓話《ぐうわ》だと、人《ひと》はそう思《おも》うかもしれない――そう考《かんが》える者《もの》は、お人好《ひとよ》しのあんぽんたんぶりをさらけ出《だ》していると言《い》えよう。マグル好《ず》きの父親《ちちおや》がマグル嫌《ぎら》いの息子《むすこ》より魔法《まほう》にすぐれていることを示《しめ》す、マグルびいきの物語《ものがたり》？　だとすれば、物語《ものがたり》の原《げん》書《しょ》が、ほかの多《おお》くの書《しょ》のように焚書《ふんしょ》の憂《う》き目《め》に遭《あ》うことなく、一冊《さつ》

でも残《のこ》っていたのは驚《おどろ》くべきことであると言《い》ってよい。

マグルへの兄弟愛《きょうだいあい》を説《と》いたビードルは、時代《じだい》をはみ出《だ》していた。十五世紀初頭《せいきしょとう》、欧州全域《おうしゅうぜんいき》では魔女狩《まじょが》りが勢《いきお》いを増《ま》しておった。魔法《まほう》界《かい》が、隣《となり》のマグルの豚《ぶた》の病《やまい》を呪文《じゅもん》で治《なお》してやろうとすることは、自《じ》分《ぶん》を火《ひ》あぶりにするための薪《まき》を自《みずか》ら集《あつ》めるにも等《ひと》しい[1]、と考《かんが》えたのも理由《りゆう》なしとしない。魔法界《まほうかい》では、非魔法族《ひまほうぞく》の人間《にんげん》との関係《かんけい》がとみに疎遠《そえん》になり、「マグルのことはマグルに始末《しまつ》させろ！」の声《こえ》が高《たか》まっていた。ついに一六八九年《ねん》の「国際魔法機密保持法《こくさいまほうきみつほじほう》」の制定《せいてい》に極《きわ》まって、魔法族《まほうぞく》は自《みずか》ら姿《すがた》を隠《かく》すことになったのである。

しかし、子供《こども》は何《なん》と言《い》っても子供《こども》である。グロテスクなポンポンポットに夢中《むちゅう》になってしまった。解決策《かいけつさく》として、イボだらけのポットのほうはそのままにしておき、マグルびいきの教訓《きょうくん》だけを捨《す》て去《さ》ることになり、十六世紀《せいき》の半《なか》ばには、書《か》き換《か》えられた物語《ものがたり》が、魔法《まほう》界《かい》の家庭《かてい》で広《ひろ》く読《よ》まれるようになった。書《か》き換《か》え版《ばん》では、罪《つみ》のない魔法使《まほうつか》いを捕《つか》まえようと、松明《たいまつ》を振《ふ》りかざし乾草用《ほしくさよう》の三叉《みつまた》をかまえてやってくるマグルの村人《むらびと》を、ポンポンポットがその魔法使《まほうつか》いの家《いえ》から追《お》い出《だ》し、捕《と》らえては丸《まる》ごと飲《の》み込《こ》んで魔法使《まほうつか》いを守《まも》る、という話《はなし》になっている。物語《ものがたり》の最後《さいご》に、ポットはほとんどの村人《むらびと》を飲《の》み込《こ》んでしまい、魔法使《まほうつか》いは生《い》き残《のこ》った村人《むらびと》から、自由《じゆう》に魔法《まほう》を使《つか》っても邪魔《じゃま》をしないという約束《やくそく》を取《と》りつける。お返《かえ》しにその魔法使《まほうつか》いは、飲《の》み込《こ》んだ犠牲者《ぎせいしゃ》を返《かえ》すようにとポットに言《い》う。ポットは底《そこ》のほうから少《すこ》しもみくちゃになった村人《むらびと》をゲップと吐《は》き出《だ》す。今日《こんにち》に至《いた》るまで、親《おや》から（だいたいが反《はん》マグルの魔《ま》法使《ほうつか》いだが）この書《か》き換《か》え版《ばん》しか聞《き》かされていない子供《こども》たちは、たまたま原書版《げんしょばん》を読《よ》む機《き》会《かい》があると大《おお》いに驚《おどろ》くことになる。

しかし、すでに私《わたし》が冒頭《ぼうとう》で示唆《しさ》したように、「魔《ま》法使《ほうつか》いとポンポン跳《と》ぶポット」が怒《いか》りを買《か》うのは、マグルびいきの要素《ようそ》のせいだけではない。魔《ま》女狩《じょが》りが熾烈《しれつ》を極《きわ》めるようになると、魔《ま》法族《ほうぞく》は自分《じぶん》と家族《かぞく》を守《まも》るために、さまざまな隠遁術《いんとんじゅつ》を使《つか》って二重《にじゅう》の暮《く》らしをするようになる。十七世紀《せいき》になると、マグルと親《した》しくする魔《ま》法使《ほうつか》いたちは白《しろ》い眼《め》で見《み》られ、村八分《むらはちぶ》になることさえあった。マグルびいきの魔《ま》法使《ほうつか》いに投《な》げつける悪態《あくたい》は（「ウジ虫野郎《むしやろう》」「くそったれ」「げす野郎《やろう》」などのきわどい異名《いみょう》のいくつかは、この時代《じだい》に生《う》まれた）、魔法力《まほうりょく》が弱《よわ》いとか劣《おと》っていることをバカにする意味《いみ》が込《こ》められている。

この時代《じだい》に影響力《えいきょうりょく》のあった魔法使《まほうつか》い、ブルータス・マルフォイ(『戦《たたか》う魔法戦士《まほうせんし》』という反《はん》マグル雑誌《ざっし》の編集者《へんしゅうしゃ》)などが、マグルびいきの魔法使《まほうつか》いの魔力《まりょく》はスクイブ(2)程度《ていど》だという偏見《へんけん》を定着《ていちゃく》させた。

一六七五年《ねん》、ブルータスはこう書《か》いている。

> これだけは確実《かくじつ》に言《い》える。マグル社会《しゃかい》に愛着《あいちゃく》を示《しめ》す魔法使《まほうつか》いは、知性《ちせい》が低《ひく》く、魔法力《まほうりょく》が哀《あわ》れなほど弱《よわ》いがために、マグルの豚《ぶた》どもに囲《かこ》まれているときしか優越感《ゆうえつかん》を感《かん》じることができないのだ。
>
> 非魔法族《ひまほうぞく》と交《まじ》わることを願《ねが》うという弱《よわ》みこそ、魔法力《まほうりょく》の弱《よわ》さを示《しめ》す最《もっと》も確実《かくじつ》な証《あかし》だ。

このような偏見《へんけん》は、世《よ》に比《くら》ぶべくもない魔法使《まほうつか》い(3)の中《なか》に、俗《ぞく》に言《い》う「マグル好《ず》き」がいるという圧倒的《あっとうてき》な証拠《しょうこ》の前《まえ》に、やがて消《き》え去《さ》ることとなった。

「魔法使《まほうつか》いとポンポン跳《と》ぶポット」に対《たい》する根強《ねづよ》い反感《はんかん》は、今日《こんにち》でも一部《いちぶ》の魔法使《まほうつか》いたちの間《あいだ》に残《のこ》っている。それを如実《にょじつ》に語《かた》るのは、ベアトリックス・ブロクサム（一七九四〜一九一〇）の悪名高《あくめいだか》き『毒《どく》キノコ物語《ものがたり》』であろう。著者《ちょしゃ》のブロクサム女史《じょし》が『吟遊詩人《ぎんゆうしじん》ビードルの物語《ものがたり》』が子供《こども》にとって有害《ゆうがい》だと考《かんが》えたのは、「最《もっと》も恐《おそ》ろしい主題《しゅだい》、たとえば死《し》、病気《びょうき》、流血《りゅうけつ》、邪悪《じゃあく》な魔法《まほう》、気持《きも》ちの悪《わる》い登場人物《とうじょうじんぶつ》、最《もっと》もおぞましい吹《ふ》き出物《でもの》や膿《うみ》などに、子供《こども》たちが不健全《ふけんぜん》な不安《ふあん》を抱《いだ》くから」としている。女史《じょし》は、「ビードルの物語《ものがたり》」の何篇《なんぺん》かをふくむさまざまな昔話《むかしばなし》を、自分《じぶん》の理想《りそう》に従《したが》って書《か》き換《か》えた。女史《じょし》の語《かた》る理想《りそう》とは、「小《ちい》さな天使《てんし》たちの純真《じゅんしん》な心《こころ》を、健全《けんぜん》で幸《しあわ》せな思《おも》いで満《み》たし、安《やす》らかな眠《ねむ》りに怖《こわ》い夢《ゆめ》が入《はい》り込《こ》まないようにすることで、天真爛漫《てんしんらんまん》さという貴重《きちょう》な花《はな》を守《まも》ること」だった。

ブロクサム女史《じょし》による、「魔法使《まほうつか》いとポンポン跳《と》ぶポット」の純《じゅん》・真《しん》・かつ貴重《きちょう》な書《か》き換《か》え版《ばん》の最後《さいご》の一節《いっせつ》は以下《いか》のとおりである。

そして小《ちい》さな金《きん》のポットは、小《ちい》さなバラ色《いろ》のつま先《さき》で、喜《よろこ》んで踊《おど》りました——ピョンピョンピョン！　ウィー・ウィリキンが、お人形《にんぎょう》ちゃんたちの痛《いた》い痛《いた》いポンポンを治《なお》してあげました。小《ちい》さなポットはとてもうれしくて、ウィー・ウィリキンとお人形《にんぎょう》ちゃんたちのために、甘《あま》いお菓子《かし》をポットいっぱいに出《だ》してあげました！

「でも、歯《は》を磨《みが》くのを忘《わす》れないで！」

ポットが大《おお》きな声《こえ》で言《い》いました。

ウィー・ウィリキンは、ピョンピョン・ポットにキスをして抱《だ》きしめ、約束《やくそく》しました。

これからはずっとお人形《にんぎょう》ちゃんたちを助《たす》けます。もうけっしてブツブツ屋《や》のウィルキンにはなりません。

ブロクサム女史《じょし》の物語《ものがたり》を読《よ》んだ後世《こうせい》の魔法族《まほうぞく》の子供《こども》たちの反応《はんのう》は、いつも決《き》まって同《おな》じであった。激《はげ》しくゲーゲー吐《は》きはじめ、早《はや》く本《ほん》をどこかに持《も》っていって粉々《こなごな》にしてくれ、と頼《たの》むのである。

（1）とは言え、本物の魔法使いや魔女は、火あぶりの刑やギロチン、首吊りの刑を、ある程度巧みに逃れることができた（「バビティうさちゃんとペチャクチャ切り株」のリセット・ド・ラパンの解説を参照〈一一四ページ〉）。しかし、何人かは殺された。ニコラス・ド・ミムジー - ポーピントン卿（グリフィンドール塔のゴーストで、存命中も絶命時も当時の宮廷に仕える魔法使いであった）の場合は、杖を取り上げられて地下牢に閉じ込められ、処刑時に魔法を使って逃れることができなかった。さらに、魔法界には、まだ自分の魔法力を制御できない若い世代の家族を失った家が多い。魔女狩りのマグルたちに気づかれ、その手にかかる危険性が高かったからである。

（2）「JKR」スクイブとは、魔法使いの両親を持ちながら魔法力を持たない者のこと。ごく稀にしか存在しない。マグル生まれの魔法使いや魔女のほうが、より一般的だ。

（3）たとえば私自身。

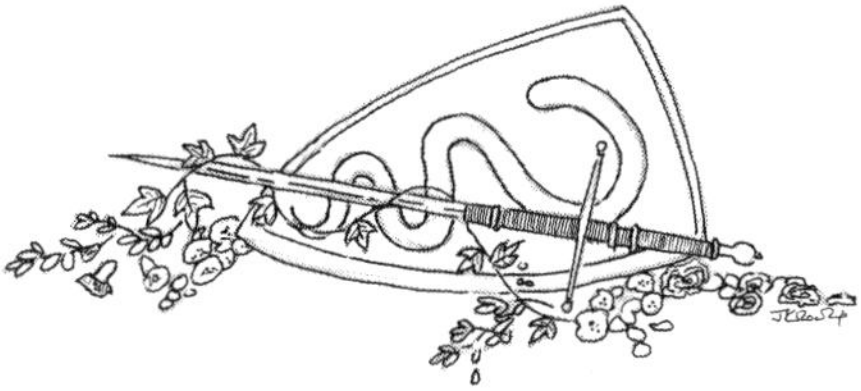

2

豊《ゆた》かな幸運《こううん》の泉《いずみ》

The Fountain of Fair Fortune

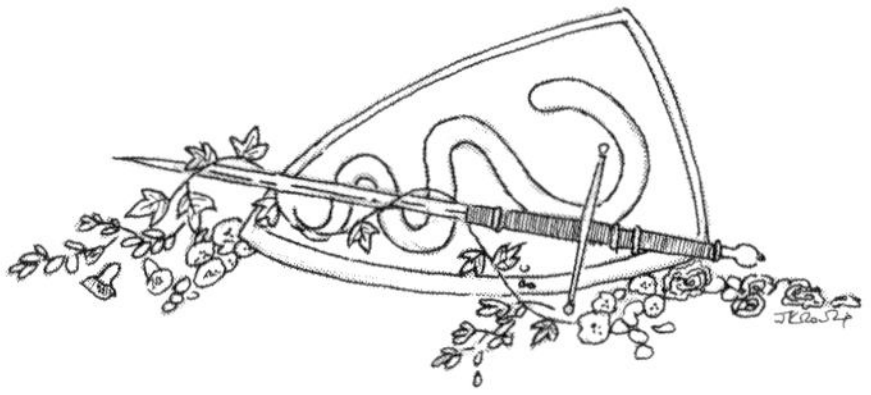

魔法《まほう》の園《その》の丘《おか》の上《うえ》、高《たか》い壁《かべ》に囲《かこ》まれ、強《つよ》い魔法《まほう》に守《まも》られて、「豊《ゆた》かな幸運《こううん》の泉《いずみ》」が噴《ふ》き上《あ》げていました。

一年《ねん》にたった一度《いちど》、一番長《いちばんなが》い日《ひ》の夜明《よあ》けから日没《にちぼつ》までの間《あいだ》に、不幸《ふこう》な者《もの》がひとりだけその噴水《ふんすい》にたどり着《つ》く機会《きかい》を与《あた》えられ、その水《みず》を浴《あ》びて永遠《えいえん》に豊《ゆた》かな幸運《こううん》を得《え》ることができるのです。

決《き》められたその日《ひ》に、王国《おうこく》のすみずみから、何百《なんびゃく》という人《ひと》が夜明《よあ》け前《まえ》に魔法《まほう》の園《その》の壁《かべ》の外《そと》までやってきました。老若男女《ろうにゃくなんにょ》、富《と》める者《もの》も貧《まず》しい者《もの》も、魔法《まほう》が使《つか》える者《もの》も使《つか》えない者《もの》も、自分《じぶん》こそが庭《にわ》に入《はい》る者《もの》でありますようにと願《ねが》いながら、まだ暗《くら》いうちに集《あつ》まったのです。
それぞれに重《おも》い苦《くる》しみを抱《かか》えた三人《にん》の魔女《まじょ》が、その群《む》れの端《はし》で出会《であ》いました。そして、夜明《よあ》けを待《ま》ちながら、お互《たが》いの悲《かな》しみを語《かた》りあいました。

最初《さいしょ》の魔女《まじょ》はアシャといい、どんな慰者《いしゃ》にも治《なお》せない病気《びょうき》にかかっていました。泉《いずみ》がその症状《しょうじょう》をぬぐい去《さ》り、末長《すえなが》く幸《しあわ》せな命《いのち》を与《あた》えてくれますように、と願《ねが》っていました。

二番目《ばんめ》の魔女《まじょ》はアルシーダといい、悪《わる》い魔法使《まほうつか》いに家《いえ》も富《とみ》も杖《つえ》も奪《うば》われてしまいました。無力《むりょく》で貧《まず》しい自分《じぶん》を、泉《いずみ》が救《すく》ってくれますように、と願《ねが》っていました。

三番目《ばんめ》の魔女《まじょ》はアマータといい、深《ふか》く愛《あい》した男《おとこ》に捨《す》てられたのです。アマータは、この心《こころ》の傷《きず》が癒《い》えることはないだろうと思《おも》いました。この悲《かな》しみとやるせなさを、泉《いずみ》が癒《い》やしてくれますように、と願《ねが》っていました。

お互《たが》いをあわれみながら、魔女《まじょ》たちは、もしも三人《にん》のうちの誰《だれ》かに機会《きかい》が与《あた》えられたなら、力《ちから》をあわせて一緒《いっしょ》に泉《いずみ》にたどり着《つ》こうと誓《ちか》いあいました。


空《そら》に夜明《よあ》けの光《ひかり》が射《さ》すと、壁《かべ》がわずかに開《ひら》きました。群衆《ぐんしゅう》は口々《くちぐち》に願《ねが》いごとをさけびながら、どっと押《お》し寄《よ》せました。壁《かべ》の向《む》こうの庭《にわ》から蔦《つた》が現《あらわ》れ、もみあう群衆《ぐんしゅう》の中《なか》をくねくねと伸《の》びて、一番目《ばんめ》の魔女《まじょ》、アシャにからみつきました。アシャは二番《ばん》目《め》の魔女《まじょ》、アルシーダの手首《てくび》をつかみ、アルシーダは三番目《ばんめ》の魔女《まじょ》、アマータのローブをしっかりとつかみました。

そしてアマータは、やせこけた馬《うま》に乗《の》った、さえない格好《かっこう》の騎士《きし》の鎧《よろい》に、服《ふく》のどこかをひっかけてしまいました。

蔦《つた》は三人《にん》の魔女《まじょ》を、開《ひら》いたわずかな壁《かべ》のすきまに引《ひ》っぱりこみ、ひっかかった騎士《きし》も馬《うま》から引《ひ》きずり降《お》ろされて三人《にん》のあとに続《つづ》きました。

落胆《らくたん》した群衆《ぐんしゅう》の怒《いか》りのさけび声《ごえ》が、朝《あさ》の空気《くうき》の中《なか》を昇《のぼ》っていきましたが、壁《かべ》が元通《もとどお》りに閉《と》じるとふたたび静寂《せいじゃく》が訪《おとず》れました。

アシャとアルシーダは、うっかり騎士《きし》を連《つ》れてきてしまったアマータに腹《はら》を立《た》てました。

「泉《いずみ》の水《みず》を浴《あ》びることができるのは、たったひとりなのよ！三人《にん》のうち誰《だれ》にするかを決《き》めるのさえ難《むずか》しいのに、もうひとりなんて！」

壁《かべ》の外《そと》の世界《せかい》ではラックレス卿《きょう》（不運《ふうん》の騎士《きし》）という名《な》で呼《よ》ばれる騎士《きし》は、三人《にん》の女性《じょせい》が魔女《まじょ》だと気《き》づきました。そして、魔法《まほう》も使《つか》えず、馬上試合《ばじょうじあい》や剣《けん》での決闘《けっとう》にすぐれているわけでもなく、人間《にんげん》として魔法族《まほうぞく》より秀《ひい》でた点《てん》の何《なに》もない自分《じぶん》には、二人《にん》の魔女《まじょ》を打《う》ち負《ま》かして泉《いずみ》にたどり着《つ》く望《のぞ》みなどまったくないと思《おも》いました。そこで、自分《じぶん》は身《み》を引《ひ》き、壁《かべ》の外《そと》にもどるつもりだと宣言《せんげん》しました。

これを聞《き》いて、こんどはアマータが腹《はら》を立《た》てました。

「意気地《いくじ》なし！」

アマータは騎士《きし》をしかりつけました。

「騎士《きし》よ、剣《けん》を抜《ぬ》くのです。そして私《わたし》たちが目的《もくてき》の場所《ばしょ》にたどり着《つ》けるように助《たす》けるのです！」

そして三人《にん》の魔女《まじょ》としょぼくれた騎士《きし》は、魔法《まほう》の園《その》を突《つ》き進《すす》みました。陽《ひ》の降《ふ》り注《そそ》ぐ小道《こみち》の両側《りょうがわ》には、めずらしい花々《はなばな》や草《くさ》や果物《くだもの》が豊《ゆた》かにしげっていました。四人《にん》は何《なん》の障害《しょうがい》にも出《で》あわずに、泉《いずみ》の噴《ふ》き上《あ》げている丘《おか》のふもとに着《つ》きました。

ところがそのふもとには、ふくれあがった真《ま》っ白《しろ》な盲目《もうもく》の怪《かい》物《ぶつ》「いも虫《むし》」が丸《まる》まっていました。四人《にん》が近《ちか》づくと、怪物《かいぶつ》は醜《みにく》い顔《かお》を向《む》けてこう言《い》いました。

苦《くる》しみの証《あかし》を支払《しはら》っていけ

ラックレス卿《きょう》は剣《けん》を抜《ぬ》いて怪物《かいぶつ》を殺《ころ》そうとしましたが、刃《は》が折《お》れてしまいました。そこで、アルシーダは怪物《かいぶつ》に何度《なんど》も石《いし》を投《な》げつけ、一方《いっぽう》アシャとアマータはあらゆる呪文《じゅもん》を使《つか》って怪物《かいぶつ》を抑《おさ》えたり陶然《とうぜん》とさせたりしようとしましたが、杖《つえ》の力《ちから》は、アルシーダの石《いし》や騎士《きし》の鋼《はがね》の力《ちから》と同《おな》じく、効果《こうか》がありません。「いも虫《むし》」はどうしても四人《にん》を通《とお》そうとはしませんでした。

太陽《たいよう》はますます高《たか》く昇《のぼ》り、絶望《ぜつぼう》したアシャは泣《な》きだしてしまいました。

すると巨大《きょだい》な「いも虫《むし》」は顔《かお》をアシャの顔《かお》に押《お》しつけて、ほおの涙《なみだ》を飲《の》み干《ほ》しました。のどの渇《かわ》きが治《おさ》まり、怪物《かいぶつ》はくねくねとその場《ば》を離《はな》れて、地面《じめん》の穴《あな》へと消《き》えてしまいました。

怪物《かいぶつ》がいなくなって大喜《おおよろこ》びの三人《にん》の魔女《まじょ》と騎士《きし》は、昼前《ひるまえ》には頂上《ちょうじょう》に着《つ》けるにちがいないと、丘《おか》を登《のぼ》りはじめました。ところが、急《きゅう》な坂道《さかみち》を半分《はんぶん》ほど登《のぼ》ったところで、四人《にん》は地面《じめん》に刻《きざ》まれた文字《もじ》を見《み》つけました。

努《ど》力《りょく》の成《せい》果《か》を支《し》払《はら》っていけ

ラックレス卿《きょう》はたった一枚《まい》だけ持《も》っていた硬貨《こうか》を取《と》り出《だ》して、草深《くさぶか》い斜面《しゃめん》に置《お》きました。しかし、硬貨《こうか》はコロコロと転《ころ》がって見《み》えなくなってしまいました。三人《にん》の魔女《まじょ》と騎士《きし》は丘《おか》を登《のぼ》り続《つづ》けましたが、何時間歩《なんじかんある》いても一歩《いっぽ》も前進《ぜんしん》しません。頂上《ちょうじょう》は近《ちか》づきもせず、地面《じめん》に刻《きざ》まれた文字《もじ》も元《もと》の位置《いち》のままです。

太陽《たいよう》が頭上《ずじょう》を越《こ》して地平線《ちへいせん》に傾《かたむ》きはじめたのを見《み》て、四人《にん》は落胆《らくたん》しました。それでも、アルシーダは、ほかの誰《だれ》よりももっと速《はや》くもっと一生懸命歩《いっしょうけんめいある》き、自分《じぶん》のようにがんばれ、と三人《にん》を激励《げきれい》しました。しかしアルシーダは、魔法《まほう》のかかった丘《おか》をそれ以上登《いじょうのぼ》ることができませんでした。

「みんな、がんばるのよ、くじけないで！」

アルシーダは額《ひたい》の汗《あせ》をふきながらさけびました。汗水《あせみず》が光《ひか》りながら地面《じめん》に落《お》ちました。すると、行《ゆ》く手《て》をはばんでいた文字《もじ》が消《き》え、四人《にん》はふたたび前進《ぜんしん》することができるようになったのです。

二番目《ばんめ》の障害《しょうがい》が取《と》りのぞかれたことに大喜《おおよろこ》びして、四人《にん》はできるだけ足《あし》を速《はや》め、頂上《ちょうじょう》に向《む》かいました。とうとう、花《はな》や木《き》のしげみにおおわれた、水晶《すいしょう》のように輝《かがや》く噴水《ふんすい》が見《み》えました。

しかし、そこにたどり着《つ》く前《まえ》に、頂上《ちょうじょう》を囲《かこ》んで流《なが》れる川《かわ》が行《ゆ》く手《て》をはばみました。澄《す》んだ水《みず》の底《そこ》にはすべすべした石《いし》があり、こう書《か》かれていました。

過去《かこ》の宝《たから》を支払《しはら》っていけ

ラックレス卿《きょう》は盾《たて》に乗《の》って流《なが》れを渡《わた》ろうとしましたが、盾《たて》は沈《しず》んでしまいました。三人《にん》の魔女《まじょ》は騎士《きし》を川《かわ》から引《ひ》っぱり上《あ》げ、自分《じぶん》たちは川《かわ》を飛《と》び越《こ》えようとしました。しかし川《かわ》は横切《よこぎ》らせてはくれず、その間《あいだ》にもどんどん陽《ひ》が落《お》ちていきました。

そこで四人《にん》は、川《かわ》の言葉《ことば》の意味《いみ》を考《かんが》えました。最初《さいしょ》に意味《いみ》がわかったのはアマータでした。アマータは杖《つえ》を取《と》り出《だ》し、いなくなった恋人《こいびと》との幸福《こうふく》だった日々《ひび》の思《おも》い出《で》を心《こころ》の中《なか》から引《ひ》き出《だ》して、川《かわ》の急流《きゅうりゅう》に落《お》としました。川《かわ》は思《おも》い出《で》を流《なが》し去《さ》り、そのあとに飛《と》び石《いし》が現《あらわ》れました。三人《にん》の魔女《まじょ》と騎士《きし》は、こうしてついに、丘《おか》の頂上《ちょうじょう》にたどり着《つ》いたのです。

目《め》の前《まえ》の噴水《ふんすい》は、これまで見《み》たこともないような美《うつく》しく珍《めずら》しい草《くさ》や花々《はなばな》に囲《かこ》まれて、キラキラと輝《かがや》いていました。空《そら》は茜色《あかねいろ》に染《そ》まりました。噴水《ふんすい》の水《みず》を浴《あ》びるのは誰《だれ》かを決《き》める時《とき》が来《き》ていました。

しかし、四人《にん》が決《き》めるより前《まえ》に、体《からだ》の弱《よわ》いアシャが倒《たお》れてしまいました。頂上《ちょうじょう》をめざす労苦《ろうく》につかれはてて、瀕死《ひんし》の状態《じょうたい》でした。

三人《にん》の友達《ともだち》は、アシャを噴水《ふんすい》まで連《つ》れていこうとしましたが、アシャはあまりの苦《くる》しさに、どうかさわらないでくれと頼《たの》みました。

そこでアルシーダは大急《おおいそ》ぎで一番《いちばん》効《き》き目《め》のありそうな薬草《やくそう》をつみ、ラックレス卿《きょう》の持《も》っていた瓢《ふくべ》の水《みず》で混《ま》ぜ合《あ》わせて、その薬《くすり》をアシャの口《くち》に流《なが》し込《こ》みました。

アシャはたちまち立《た》てるようになりました。そればかりか、

恐《おそ》ろしい病気《びょうき》の症状《しょうじょう》もすっかり消《き》えてしまっていました。

「治《なお》ったわ！」

アシャがさけびました。

「私《わたし》には泉《いずみ》はいりません——アルシーダに浴《あ》びさせましょう！」

しかしアルシーダは、薬草《やくそう》を集《あつ》めてエプロンに入《い》れるのに夢《む》中《ちゅう》でした。

「この病《やまい》が治《なお》せるのなら、私《わたし》はいくらでもお金《かね》を稼《かせ》ぐことができるわ！　アマータに浴《あ》びさせましょう！」

ラックレス卿《きょう》は一礼《いちれい》して、アマータを泉《いずみ》へとうながしました。

しかし、アマータは首《くび》を振《ふ》りました。川《かわ》が恋人《こいびと》への哀惜《あいせき》をすべて流《なが》し去《さ》ってしまい、いまは恋人《こいびと》がどんなに残忍《ざんにん》で不誠実《ふせいじつ》だったかに気《き》づいたのです。そして、恋人《こいびと》への思《おも》いを断《た》ち切《き》ることができただけで充分《じゅうぶん》に幸《しあわ》せなことがわかりました。

「どうぞ、あなたが浴《あ》びてください。騎士道《きしどう》を尽《つ》くしたごほうびに！」

アマータはラックレス卿《きょう》にそう言《い》いました。

そこで騎士《きし》は、落《お》ちようとする太陽《たいよう》の最後《さいご》の光《ひかり》の中《なか》を、鎧《よろい》の音《おと》を響《ひび》かせながら進《すす》み出《で》て、何百人《なんびゃくにん》もの中《なか》から自分《じぶん》が選《えら》ばれたことに驚《おどろ》き、信《しん》じられない幸運《こううん》にめまいを感《かん》じながら、「豊《ゆた》かな幸運《こううん》の泉《いずみ》」の水《みず》を浴《あ》びました。

太陽《たいよう》が地平線《ちへいせん》に落《お》ち、ラックレス卿《きょう》は勝利《しょうり》の栄光《えいこう》に包《つつ》まれて泉《いずみ》から出《で》てきました。そしてすぐに、さびた鎧《よろい》のまま、自分《じぶん》がこれまでに見《み》たどの女性《じょせい》よりもやさしくて美《うつく》しい、アマータの足元《あしもと》にひざまずきました。成功《せいこう》に顔《かお》を輝《かがや》かせた騎士《きし》は、どうかあなたの手《て》と心《こころ》をわたしにくださいと請《こ》い願《ねが》って、アマータに結婚《けっこん》を申《もう》しこんだのです。同《おな》じように喜《よろこ》びに顔《かお》を輝《かがや》かせたアマータも、自分《じぶん》の手《て》と心《こころ》をゆだねるのにふさわしい男性《だんせい》に出会《であ》えたことを知《し》りました。

三人《にん》の魔女《まじょ》と騎士《きし》は、腕《うで》を組《く》み、一緒《いっしょ》に丘《おか》を下《お》りました。そして四人《にん》はいつまでも幸《しあわ》せに暮《く》らしました。

泉《いずみ》の水《みず》には何《なん》の魔力《まりょく》もなかったことは、四人《にん》の誰《だれ》もが知《し》らず、疑《うたが》いもしませんでした。

めでたし、めでたし。

「豊《ゆた》かな幸運《こううん》の泉《いずみ》」に寄《よ》せて

アルバス・ダンブルドア

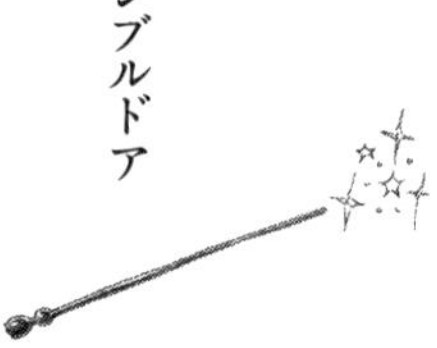

「豊《ゆた》かな幸運《こううん》の泉《いずみ》」はいつの世《よ》にも好《この》まれる物語《ものがたり》である。ホグワーツのクリスマスの催《もよお》しに、初《はじ》めておとぎ芝居《しばい》を加《くわ》えようということになった時《とき》、この話《はなし》が使《つか》われることになったのも当然《とうぜん》と言《い》えよう。

当時《とうじ》の「薬草学《やくそうがく》」の教授《きょうじゅ》、ヘルベルト・ビーリー先生《せんせい》(1)は熱心《ねっしん》なアマチュア演出家《えんしゅつか》で、ホグワーツの教職員《きょうしょくいん》と学生《がくせい》を楽《たの》しませるクリスマスの余興《よきょう》として、この愛《あい》すべき物語《ものがたり》の翻案《ほんあん》を提案《ていあん》された。私《わたし》はそのころ若《わか》き「変身術《へんしんじゅつ》」の教師《きょうし》であり、ヘルベルトから「特殊効果《とくしゅこうか》」を任《まか》された。たとえば、本物《ほんもの》そっくりに動《うご》く「豊《ゆた》かな幸運《こううん》の泉《いずみ》」の噴水《ふんすい》や、三人《にん》のヒロインと騎士《きし》が草深《くさぶか》い丘《おか》を登《のぼ》っていくように見《み》せるために、ミニチュア版《ばん》の丘《おか》が徐々《じょじょ》に舞台《ぶたい》に沈《しず》み込《こ》んで見《み》えなくなるという仕掛《しか》けなどだ。

うぬぼれではなく、私《わたし》の担当《たんとう》した「噴水《ふんすい》」と「丘《おか》」は、素直《すなお》に与《あた》えられた役《やく》をこなしたと言《い》えよう。しかしほかの配役《はいやく》については、嗚呼《ああ》、そうはいかなかった。「魔法生物飼育学《まほうせいぶつしいくがく》」の教授《きょうじゅ》、シルバヌス・ケトルバーン先生《せんせい》が提供《ていきょう》した巨大《きょだい》な「いも虫《むし》」の異様《いよう》なる振《ふ》舞《ま》いはこの際忘《さいわす》れるとしても、人間《にんげん》くさいごたごたが、この劇《げき》を惨《さん》憺《たん》たるものにしてしまったのである。舞台監督《ぶたいかんとく》の立場《たちば》にあったビーリー教授《きょうじゅ》は、目《め》と鼻《はな》の先《さき》でくすぶっていた感情的《かんじょうてき》もつれに、あまりにも無頓着《むとんじゃく》であった。幕《まく》が上《あ》がる一時間前《じかんまえ》まではアマータ役《やく》の生徒《せいと》と恋仲《こいなか》だったラックレス卿役《きょうやく》の生徒《せいと》が、開幕時点《かいまくじてん》でアシャ役《やく》の生徒《せいと》に心《こころ》を移《うつ》してしまったということを、教授《きょうじゅ》はまったく知《し》らなかったのだ。

劇《げき》の成否《せいひ》については、「豊《ゆた》かな幸運《こううん》」を求《もと》めるわれらが求道者《きゅうどうしゃ》たちが丘《おか》の頂上《ちょうじょう》にたどり着《つ》くことはなかった、と言《い》うだけで充分《じゅうぶん》であろう。まだ幕《まく》も開《あ》かないうちに、ケトルバーン先生《せんせい》の「いも虫《むし》」が――実《じつ》は「肥《ふと》らせ呪文《じゅもん》」をかけられたアッシュワインダー(2)だったのだが、正体《しょうたい》を現《あらわ》し――爆発《ばくはつ》して熱《あつ》い火《ひ》の粉《こ》と塵《ちり》をまき散《ち》らし、大広間《おおひろま》を煙《けむり》と舞台装置《ぶたいそうち》の残《ざん》がいで埋《う》めてしまった。「丘《おか》」のふもとに産《う》みつけられた灼熱《しゃくねつ》した巨大《きょだい》な卵《たまご》が数個《すうこ》、舞台《ぶたい》の床《ゆか》を燃《も》やす一方《いっぽう》、アマータ役《やく》とアシャ役《やく》の生徒《せいと》が突然決闘《とつぜんけっとう》を始《はじ》め、そのあまりにも激《はげ》しい応酬《おうしゅう》に巻《ま》き込《こ》まれたビーリー教授《きょうじゅ》は、十字砲火《じゅうじほうか》を浴《あ》びてしまった。舞台《ぶたい》に燃《も》え盛《さか》る業火《ごうか》が大広間《おおひろま》を飲《の》み込《こ》んでしまう恐《おそ》れがあり、教職員《きょうしょくいん》は避難《ひなん》を余儀《よぎ》なくされた。その夜《よる》の余興《よきょう》は、超満員《ちょうまんいん》の病棟《びょうとう》という結末《けつまつ》で終《お》わった。大広間《おおひろま》から鼻《はな》を突《つ》くきな臭《くさ》い煙《けむり》のにおいが消《き》えるまでに数《すう》か月《げつ》かかったし、ビーリー教授《きょうじゅ》の頭《あたま》が元《もと》の形《かたち》を取《と》り戻《もど》し、ケトルバーン教授《きょうじゅ》が休職処分《きゅうしょくしょぶん》を解《と》かれるまでにはもっと長《なが》くかかった。(3)アーマンド・ディペット校長《こうちょう》は、それ以後《いご》いっさいの芝居《しばい》を御法度《ごはっと》にし、今日《こんにち》に至《いた》るまで、ホグワーツ校《こう》には演劇《えんげき》なしという誇《ほこ》りある伝統《でんとう》が続《つづ》いている。

本校《ほんこう》におけるこうした大騒動《おおそうどう》にはかかわりなく、「豊《ゆた》かな幸運《こううん》の泉《いずみ》」は、ビードルの物語《ものがたり》の中《なか》でも最《もっと》も人気《にんき》のある話《はなし》と言《い》えよう。ただし「魔法使《まほうつか》いとポンポン跳《と》ぶポット」同様《どうよう》、この物語《ものがたり》も難癖《なんくせ》をつけられた。ホグワーツの図書室《としょしつ》からこの物語《ものがたり》を取《と》り除《のぞ》くことを要求《ようきゅう》した親《おや》は、少《すく》なくなかった。偶然《ぐうぜん》ではあるが、ブルータス・マルフォイの子孫《しそん》であり、かつてホグワーツの理事《りじ》を務《つと》めたルシウス・マルフォイ氏《し》もそのひとりである。マルフォイ氏《し》は書面《しょめん》でこの物語《ものがたり》の禁止《きんし》を求《もと》めた。

魔法使《まほうつか》いとマグルの交配《こうはい》を描《えが》く作品《さくひん》は、フィクションであれノンフィクションであれ、ホグワーツの書棚《しょだな》から追放《ついほう》されるべきである。私《わたし》は、息子《むすこ》が魔法族《まほうぞく》とマグルの結婚《けっこん》を勧《すす》める類《たぐい》の物語《ものがたり》を読《よ》み、自《みずか》らの純血《じゅんけつ》の血統《けっとう》を汚《けが》すような影響《えいきょう》を受《う》けることを望《のぞ》まない。

私《わたし》は、この本《ほん》を図書室《としょしつ》から取《と》り除《のぞ》くことを拒否《きょひ》した。理事会《りじかい》の大《だい》多数《たすう》の支持《しじ》を受《う》け、私《わたし》はその決定《けってい》をマルフォイ氏《し》に説明《せつめい》する書簡《しょかん》を送《おく》った。

純血《じゅんけつ》と称《しょう》する家族《かぞく》は、家系図《かけいず》からマグルやマグル生《う》まれの魔法《まほう》使《つか》いを勘当《かんどう》したり追放《ついほう》したり、またはうそで塗《ぬ》り固《かた》めて自《みずか》らの純《じゅん》血《けつ》を主張《しゅちょう》している。そのうえ、自《みずか》らの認《みと》めたくない真実《しんじつ》を扱《あつか》った作品《さくひん》を禁《きん》ずることを要求《ようきゅう》し、自《みずか》らの偽善《ぎぜん》を我々《われわれ》に押《お》しつけようとする。現在存命中《げんざいぞんめいちゅう》の魔法使《まほうつか》いや魔女《まじょ》に、マグルの血《ち》の混《ま》じらぬ者《もの》はいない。であるから、この主題《しゅだい》を扱《あつか》った作品《さくひん》を生徒《せいと》たちの知識《ちしき》の宝庫《ほうこ》から取《と》り除《のぞ》くことは、非合法《ひごうほう》かつ不道徳《ふどうとく》であると考《かんが》える。(4)

このやり取《と》りをきっかけに、以後《いご》長年《ながねん》にわたって、マルフォイ氏《し》は私《わたし》をホグワーツ校長《こうちょう》の地位《ちい》から追《お》い落《お》とさんとする運動《うんどう》を開始《かいし》することとなり、一方《いっぽう》、私《わたし》はと言《い》えば、マルフォイ氏《し》をヴォルデモート卿《きょう》お気《き》に入《い》りの「死喰《しく》い人《びと》」という立場《たちば》から排除《はいじょ》せんとする動《うご》きを始《はじ》めたのである。

（1）ビーリー教授はやがてホグワーツを去り、W.A.D.A.［ワーダ］（マグル界のR.A.D.A.［ラーダ］、つまり王立演劇アカデミーに匹敵する、魔法演劇アカデミー）で教えるようになった。教授が私に打ち明けたところによると、この物語は験（げん）が悪いと考え、舞台にのせることには強い拒否反応を持ち続けたとのことだ。

（2）『幻の動物とその生息地』に、この奇妙な生物の最も適切な記述がある。この生物を勝手に木張りの部屋に持ち込むべきではないし、けっして「肥らせ呪文」をかけてはならない。

（3）ケトルバーン氏は、「魔法生物飼育学」の教授に在任中、少なくとも六十二回の休職処分を受けてもなお在職し続けた。ホグワーツ校における私の前任者であるディペット校長とケトルバーン教授とは、常に緊張関係にあり、ディペット校長は、教授をやや向こう見ず、と考えていた。しかし、私が校長に就任したころは、ケトルバーン教授も相当角が取れておった。もっとも、皮肉な見方をする連中は必ずいるもので、その者たちは、手足が一本と半分しか残っていない状態になっては、教授も少しはおとなしくならざるを得なかったと言う。

（4）私のこの返信のせいで、その後マルフォイ氏から数回に及び手紙を受け取ることとなるが、主に私の正気を疑うとか、私の出生や衛生観念についての侮辱的な内容であるため、このメモ書きとの関連性は薄い。

3

毛《け》だらけ心臓《しんぞう》の魔法戦士《まほうせんし》

The Warlock's Hairy Heart

昔《むかし》むかしあるところに、ハンサムでお金持《かねも》ちで、おまけに才《さい》能《のう》ある若《わか》い魔法戦士《まほうせんし》がいました。この若者《わかもの》は、恋《こい》に落《お》ちては、はしゃいだりめかしこんだり、はたまた食欲《しょくよく》がなくなったり威《い》厳《げん》をなくしたりする友《とも》を見《み》て、ばかばかしいと思《おも》っていました。自分《じぶん》はそんな軟弱《なんじゃく》な恋《こい》の犠牲者《ぎせいしゃ》にはけっしてなるまいと心《こころ》に決《き》め、抵抗力《ていこうりょく》をつけるために闇《やみ》の魔術《まじゅつ》を使《つか》いました。

そんな秘密《ひみつ》があるとは露知《つゆし》らず、家族《かぞく》は、若者《わかもの》が女性《じょせい》に無関《むかん》心《しん》で冷淡《れいたん》なのを見《み》て笑《わら》いました。

「何《なに》もかも変《か》わるよ――」

家族《かぞく》たちはそう予言《よげん》しました。

「どこかの娘《むすめ》さんがこの子《こ》の心《こころ》をつかんだらね！」

しかし、若《わか》い魔法戦士《まほうせんし》は女性《じょせい》に心《こころ》を動《うご》かされることがありませんでした。たくさんの乙女《おとめ》たちが、気位《きぐらい》の高《たか》い若者《わかもの》の態度《たいど》に興味《きょうみ》をそそられ、あの手《て》この手《て》で関心《かんしん》を引《ひ》こうとしましたが、若者《わかもの》の心《こころ》を動《うご》かす女性《じょせい》はひとりもいませんでした。魔法戦士《まほうせんし》は、自分自身《じぶんじしん》の無関心《むかんしん》さと、それを生《う》み出《だ》している賢明《けんめい》さを誇《ほこ》りとしていました。

みずみずしい若《わか》さが過《す》ぎるころ、仲間《なかま》たちはつぎつぎに結婚《けっこん》し、そして子供《こども》を持《も》ちました。

「こいつらの心臓《しんぞう》は、籾殻《もみがら》みたいにカサカサにちがいない」

身近《みぢか》な若《わか》い親《おや》たちの滑稽《こっけい》な行動《こうどう》を見《み》て、魔法戦士《まほうせんし》は心《こころ》の中《なか》であざ笑《わら》いました。

「泣《な》いてむずかる赤《あか》ん坊《ぼう》のせいで、つかれきってしなびている！」

若《わか》いときに自分《じぶん》は賢《かしこ》い選択《せんたく》をしたと、魔法戦士《まほうせんし》はあらためて自分《じぶん》をほめました。

やがて魔法戦士《まほうせんし》の両親《りょうしん》は年老《としお》いて亡《な》くなりました。息子《むすこ》は、親《おや》の死《し》を嘆《なげ》くどころか、死《し》んでくれて幸《さいわ》いだと考《かんが》えました。いまや息子《むすこ》は、ひとりで親《おや》の遺《のこ》した城《しろ》に君臨《くんりん》することになりました。一番大切《いちばんたいせつ》な宝物《たからもの》を地下牢《ちかろう》の一番深《いちばんふか》いところに移《うつ》し、魔法戦士《まほうせんし》は安楽《あんらく》で豊《ゆた》かな生活《せいかつ》に身《み》をまかせました。おおぜいの召使《めしつか》いは、この魔法戦士《まほうせんし》が快適《かいてき》に暮《く》らすためだけに働《はたら》きました。

魔法戦士《まほうせんし》は、こんなにすばらしく、何物《なにもの》にもわずらわされない独身生活《どくしんせいかつ》は、誰《だれ》が見《み》てもうらやましいにちがいないと思《おも》いました。ところがある日《ひ》、二人《ふたり》の小間使《こまづか》いがご主人様《しゅじんさま》のうわさをしているのを立《た》ち聞《ぎ》きした魔法戦士《まほうせんし》は、激《はげ》しい怒《いか》りとくやしさに襲《おそ》われました。

召使《めしつか》いのひとりは、これほどの富《とみ》と力《ちから》がありながら、誰《だれ》にも愛《あい》されたことのない魔法戦士《まほうせんし》をあわれみました。ところがもうひとりの召使《めしつか》いは、それほどの富《とみ》と豪華《ごうか》な城《しろ》を所有《しょゆう》する男《おとこ》なのに、妻《つま》となるべき女性《じょせい》のひとりもひきつけられないなんて、と嘲笑《ちょうしょう》しました。

聞《き》いていた魔法戦士《まほうせんし》は、二人《ふたり》の言葉《ことば》にひどくプライドを傷《きず》つけられました。

魔法戦士《まほうせんし》は即刻《そっこく》妻《つま》をめとることにしました。しかもその妻《つま》は、ほかの誰《だれ》よりもすぐれた女性《じょせい》にすると決《き》めたのです。驚《おどろ》くほど美《うつく》しく、目《め》にしたすべての男性《だんせい》がうらやみ、ほしがるような女性《じょせい》であること、子孫《しそん》が誰《だれ》よりも秀《ひい》でた魔法力《まほうりょく》を受《う》け継《つ》ぐよう魔法族《まほうぞく》の血筋《ちすじ》であること、家族《かぞく》が増《ふ》えても自分《じぶん》の快適《かいてき》な生活《せいかつ》が保《ほ》証《しょう》されるように、少《すく》なくとも自分《じぶん》と同程度《どうていど》の富《とみ》を所有《しょゆう》している女性《じょせい》であること、と条件《じょうけん》を決《き》めました。

そんな女性《じょせい》を見《み》つけるには五十年《ねん》もかかろうかと思《おも》われました。ところが、魔法戦士《まほうせんし》がそう決《き》めたその日《ひ》に、たまたま条件《じょうけん》のすべてに当《あ》てはまる乙女《おとめ》が、親《しん》せきを訪《たず》ねて城《しろ》の近所《きんじょ》までやってきたのです。

その乙女《おとめ》は驚異的《きょういてき》な技《わざ》を持《も》つ魔女《まじょ》で、お金持《かねも》ちでした。その美《うつく》しさは、どんな男性《だんせい》でも一目見《ひとめみ》たらとりこになるほどでしたが、例外《れいがい》がひとりいました。誰《だれ》あろう、この魔法戦士《まほうせんし》の心臓《しんぞう》は、何《なに》も感《かん》じなかったのです。しかし、求《もと》めていたとおりの人《ひと》でしたから、魔法戦士《まほうせんし》はその乙女《おとめ》を口説《くど》きはじめました。

人々《ひとびと》は魔法戦士《まほうせんし》の変《か》わりように驚《おどろ》き、「あなたは、ほかの何《なん》百人《びゃくにん》もの女性《じょせい》ができなかったことをやりとげた」とその乙女《おとめ》に言《い》いました。

魔法戦士《まほうせんし》に言《い》い寄《よ》られた若《わか》い魔女《まじょ》の心《こころ》には、ひかれる気持《きも》ちと反発《はんぱつ》する気持《きも》ちが入《い》り交《ま》じりました。魔法戦士《まほうせんし》の甘《あま》い言葉《ことば》の裏《うら》にある冷《つめ》たいものを感《かん》じ取《と》った乙女《おとめ》は、こんなによそよそしく打《う》ちとけない男性《だんせい》に、これまで会《あ》ったことがないと思《おも》いました。

しかし、二人《ふたり》が似合《にあ》いのカップルだと考《かんが》えた魔女《まじょ》の親《しん》せきは縁談《えんだん》を進《すす》めたがり、その若《わか》い魔女《まじょ》のために催《もよお》される大宴会《だいえんかい》への招待《しょうたい》を受《う》けました。

宴席《えんせき》には、極上《ごくじょう》のワインや贅沢《ぜいたく》な食《た》べ物《もの》が、金銀《きんぎん》の食器《しょっき》に盛《も》られて並《なら》べられました。吟遊詩人《ぎんゆうしじん》たちはリュートの絹《きぬ》の弦《げん》をかき鳴《な》らしながら、ご主人様《しゅじんさま》が感《かん》じたこともない愛《あい》の歌《うた》を歌《うた》いました。魔法戦士《まほうせんし》は、隣《となり》の王座《おうざ》に腰《こし》かけたうら若《わか》き乙女《おとめ》に、本当《ほんとう》の意味《いみ》などわからないままに詩人《しじん》の詩《し》から拝借《はいしゃく》したやさしい言葉《ことば》を小声《こごえ》でささやきました。

乙女《おとめ》は戸惑《とまど》いながらその言葉《ことば》を聞《き》いていましたが、とうとうこう答《こた》えました。

「あなた様《さま》は、お口《くち》がお上手《じょうず》です。あなた様《さま》に心《こころ》がおありになるのでしたら、お心《こころ》をひきましたことをうれしく思《おも》うことができますのに！」

魔法戦士《まほうせんし》はほほ笑《え》んで、「その点《てん》ならば心配《しんぱい》にはおよばない」と言《い》いました。そして、あとについて来《く》るようにと言《い》って宴席《えんせき》を離《はな》れ、一番大切《いちばんたいせつ》な宝物《たからもの》がしまってある地下牢《ちかろう》へと乙女《おとめ》を案内《あんない》しました。

そこには、魔法《まほう》のかかったクリスタルの箱《はこ》に入《い》れられた、脈《みゃく》打《う》つ魔法戦士《まほうせんし》の心臓《しんぞう》がありました。

長《なが》い間《あいだ》、目《め》や耳《みみ》や指《ゆび》から切《き》り離《はな》されていた心臓《しんぞう》は、美《うつく》しさにも歌《うた》うような声《こえ》にも絹《きぬ》のような肌《はだ》の感触《かんしょく》にも、惑《まど》わされることがなかったのです。乙女《おとめ》は、その心臓《しんぞう》を見《み》て恐《おそ》ろしくなりました。心臓《しんぞう》は縮《ちぢ》み、長《なが》く黒《くろ》い毛《け》で覆《おお》われていたのです。

「まあ、なんということをなさったのです？」

乙女《おとめ》は嘆《なげ》きました。

「どうかお願《ねが》いですから、もとのところにおもどしくださいませ！」

乙女《おとめ》を喜《よろこ》ばせるためにはそうする必要《ひつよう》があると思《おも》った魔法戦士《まほうせんし》は、杖《つえ》を取《と》り出《だ》してクリスタルの箱《はこ》の錠《じょう》を開《あ》け、自分《じぶん》の胸《むね》を切《き》り裂《さ》き、毛《け》だらけの心臓《しんぞう》を、空洞《くうどう》になっているかつてそれがあった場所《ばしょ》にもどしました。

「さあ、あなた様《さま》はこれで癒《い》やされました。本当《ほんとう》の愛《あい》とは何《なに》かがおわかりになるでしょう！」

乙女《おとめ》はそうさけんで魔法戦士《まほうせんし》を抱《だ》きしめました。

乙女《おとめ》の白《しろ》い腕《うで》の感触《かんしょく》、耳《みみ》に届《とど》くその息《いき》づかい、豊《ゆた》かな金髪《きんぱつ》の香《かお》り、そのすべてが、目覚《めざ》めた心臓《しんぞう》を槍《やり》のように突《つ》き刺《さ》しました。しかし長《なが》い間切《あいだき》り離《はな》されているうちに、心臓《しんぞう》はおかしくなっていました。闇《やみ》に閉《と》じこめられていた心臓《しんぞう》は、分別《ふんべつ》をなくして獰猛《どうもう》になり、凶暴《きょうぼう》で歪《ゆが》んだ欲望《よくぼう》をつのらせていたのです。

宴席《えんせき》の客《きゃく》たちは、主催者《しゅさいしゃ》と乙女《おとめ》の姿《すがた》が見《み》えないことに気《き》づきました。はじめは気《き》にしなかった客《きゃく》たちも、何時間《なんじかん》もたつと心《しん》配《ぱい》になり、とうとう城中《しろじゅう》を捜《さが》しはじめました。

ついに地下牢《ちかろう》を見《み》つけた客《きゃく》たちを待《ま》ち受《う》けていたのは、身《み》の毛《け》もよだつ光景《こうけい》でした。

乙女《おとめ》は胸《むね》を切《き》り開《ひら》かれ、床《ゆか》に倒《たお》れて息絶《いきた》えていました。そのわきにうずくまっている正気《しょうき》を失《うしな》った魔法戦士《まほうせんし》の血《ち》だらけの手《て》には、大《おお》きくなめらかで輝《かがや》くような深紅《しんく》の心臓《しんぞう》が握《にぎ》られていました。魔法戦士《まほうせんし》はその心臓《しんぞう》をなめたりなでたりしながら、自分《じぶん》の心臓《しんぞう》と取《と》り換《か》えるのだと言《い》い放《はな》っていました。

もう一方《いっぽう》の手《て》に持《も》った杖《つえ》で、魔法戦士《まほうせんし》はしなびて毛《け》だらけの心臓《しんぞう》を、何《なん》とかして自分《じぶん》の胸《むね》から取《と》り出《だ》そうとしていました。

ところが、毛《け》だらけの心臓《しんぞう》は持《も》ち主《ぬし》よりも強《つよ》く、魔法戦士《まほうせんし》の感覚《かんかく》を支配《しはい》する持《も》ち場《ば》を離《はな》れようとせず、長《なが》いこと閉《と》じこめられていた棺《ひつぎ》のような箱《はこ》にもどろうともしませんでした。

恐怖《きょうふ》に打《う》ちのめされた客《きゃく》の目《め》の前《まえ》で、魔法戦士《まほうせんし》は杖《つえ》を投《な》げ捨《す》て銀《ぎん》の短刀《たんとう》をつかみました。そして「自分《じぶん》の心臓《しんぞう》に支配《しはい》されてなるものか」と言《い》うなり胸《むね》に収《おさ》まった心臓《しんぞう》をたたき切《き》りました。

両手《りょうて》に二つの心臓《しんぞう》を握《にぎ》りしめ、魔法戦士《まほうせんし》は一《いっ》瞬《しゅん》勝《か》ち誇《ほこ》ったようにひざをつきましたが、やがて乙女《おとめ》の体《からだ》に折《お》り重《かさ》なるように倒《たお》れ、息絶《いきた》えました。

「毛《け》だらけ心臓《しんぞう》の魔法戦士《まほうせんし》」に寄《よ》せて

アルバス・ダンブルドア

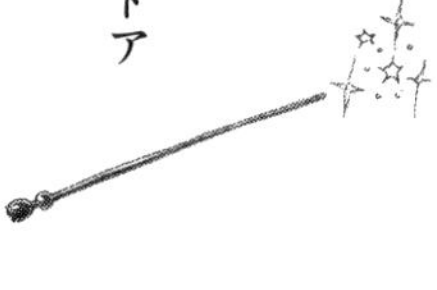

これまで見《み》てきたように「ビードルの物語《ものがたり》」の最初《さいしょ》の二篇《へん》は、心《こころ》の広《ひろ》さや忍耐《にんたい》、愛《あい》などのテーマが批判《ひはん》の的《まと》となった。ところが「毛《け》だらけ心臓《しんぞう》の魔法戦士《まほうせんし》」は、書《か》かれてから何百年間《なんびゃくねんかん》も手《て》を加《くわ》えられることなく、あまり批判《ひはん》もされていない。私《わたし》がようやく原文《げんぶん》のルーン文字《もじ》で読《よ》んだときも、この物語《ものがたり》は母《はは》から聞《き》かされたものとほとんどちがっていなかった。とは言《い》え「毛《け》だらけ心臓《しんぞう》の魔法戦士《まほうせんし》」は、「ビードルの物語《ものがたり》」の中《なか》でも最《もっと》もむごたらしい話《はなし》であるため、子供《こども》が怖《こわ》い夢《ゆめ》にうなされない年齢《ねんれい》に達《たっ》するまでは話《はな》して聞《き》かせない親《おや》が

多《おお》い(1)。

それならなぜ、このようにぞっとする話《はなし》が生《い》き残《のこ》ってきたのであろうか？　この物語《ものがたり》が何世紀《なんせいき》にもわたって原作《げんさく》のまま語《かた》り継《つ》がれてきたのは、われわれの誰《だれ》にでもある暗《くら》い深《ふか》みについて語《かた》っているからだというのが私《わたし》の説《せつ》である。この物語《ものがたり》は、魔法《まほう》の中《なか》でも最《もっと》も強《つよ》い誘惑《ゆうわく》であり、かつ認知度《にんちど》のきわめて低《ひく》い「損傷不可能性《そんしょうふかのうせい》」の探求《たんきゅう》という誘惑《ゆうわく》に触《ふ》れている。

そのような探求《たんきゅう》は、もちろんばかげた夢物語《ゆめものがたり》である。生《い》きている者《もの》ならば、魔法使《まほうつか》いにせよそうでないにせよ、肉体的《にくたいてき》、精神的《せいしんてき》、感情的《じょうてき》な意味《いみ》での何《なん》らかの損傷《そんしょう》を被《こうむ》らない者《もの》はいない。傷《きず》つくことは息《いき》をすることと同《おな》じように人間的《にんげんてき》なことである。とは言《い》え、われわれ魔法使《まほうつか》いはとくに、存在《そんざい》の法則《ほうそく》を意《い》のままに曲《ま》げることができると考《かんが》えがちである。たとえばこの物語《ものがたり》の若《わか》い魔法戦士《まほうせんし》(2)は、恋《こい》に落《お》ちることが自分《じぶん》の快適《かいてき》さと安全《あんぜん》を損《そこ》なうと決《き》めつけた。すなわち、恋《こい》は屈辱《くつじょく》であり、弱《よわ》みであり、個人《こじん》の感情的《かんじょうてき》・物質的《ぶっしつてき》エネルギーの浪《ろう》費《ひ》だと考《かんが》えたのである。

言《い》うまでもなく、ほれ薬《ぐすり》が何世紀《なんせいき》も前《まえ》から取引《とりひき》されていることを見《み》れば、予測《よそく》できない恋《こい》の成《な》り行《ゆ》きを制御《せいぎょ》しようとするのはこの物《もの》語《がたり》に出《で》てくる架空《かくう》の魔法使《まほうつか》いだけ、ということはあり得《え》ない。われわれは今日《こんにち》まで、真《しん》のほれ薬《ぐすり》を探《さが》し続《つづ》けているが、(3)そのような妙薬《みょうやく》はいまだかつて創《つく》られていないし、名《な》だたる魔法薬師《まほうくすし》たちはその可《か》能性《のうせい》をも疑《うたが》っている。

しかしこの物語《ものがたり》の主人公《しゅじんこう》は、意《い》のままに創《つく》り出《だ》したり壊《こわ》したりできる恋《こい》の幻影《げんえい》にさえ、興味《きょうみ》を示《しめ》さなかった。恋《こい》は一種《いっしゅ》の病《やまい》であるとみなし、けっして感染《かんせん》しないようにと望《のぞ》んだ。そのために、物語《ものがたり》の世界《せかい》のみで可能《かのう》となる闇《やみ》の魔術《まじゅつ》を使《つか》い、自《みずか》らの心臓《しんぞう》を閉《と》じ込《こ》めてしまったのである。

この行為《こうい》と「分霊箱《ぶんれいばこ》」との類似性《るいじせい》に触《ふ》れた著書《ちょしょ》は多《おお》い。ビードルの主人公《しゅじんこう》は死《し》の回避《かいひ》を求《もと》めたわけではないが、明《あき》らかに分《わ》かつべきではないものを分割《ぶんかつ》した——身体《しんたい》と心臓《しんぞう》（魂《たましい》ではなく）である。その行為《こうい》は、次《つぎ》に述《の》べる、アダルバート・ワッフリングの魔法基本《まほうきほん》法則《ほうそく》の第《だい》一法則《ほうそく》を侵《おか》すものである。

最《もっと》も深《ふか》い神秘《しんぴ》——命《いのち》の源《みなもと》、自己《じこ》の精髄《せいずい》——をもてあそぶ者《もの》は、通常《つうじょう》では考《かんが》えられぬ危険《きけん》な結果《けっか》を覚悟《かくご》すべし

まさにそのとおりで、人間《にんげん》を超《こ》える者《もの》になろうとしたこの向《む》こう見《み》ずな若者《わかもの》は、自《みずか》らを非人間的《ひにんげんてき》な存在《そんざい》に貶《おとし》めてしまった。閉《と》じ込《こ》められた心臓《しんぞう》は、徐々《じょじょ》にしなびて毛《け》が生《は》えた。これは、獣《けもの》になり下《さ》がったことを象徴《しょうちょう》するものである。この男《おとこ》は、ついに凶暴《きょうぼう》な獣《けもの》になり、力《ちから》ずくで欲《ほ》しい物《もの》を奪《うば》ったうえ、もはや自分《じぶん》には手《て》の届《とど》かぬ存《そん》在《ざい》になってしまったもの——人間《にんげん》の心《こころ》——を取《と》りもどそうとする無《む》駄《だ》なあがきの中《なか》で死《し》ぬのである。

やや古《ふる》くさい表現《ひょうげん》ではあるが、「心臓《しんぞう》に毛《け》が生《は》えている」という言《い》い方《かた》は、魔法界《まほうかい》の日常用語《にちじょうようご》となり、冷《つめ》たい、または感情《かんじょう》のない魔《ま》法使《ほうつか》いや魔女《まじょ》を表現《ひょうげん》するのに使《つか》われる。独身《どくしん》を通《とお》した私《わたし》のおばのオノリアは、「魔法不正使用取締局《まほうふせいしようとりしまりきょく》」の魔法使《まほうつか》いとの婚約《こんやく》を破棄《はき》したことについて、その魔法使《まほうつか》いが「毛《け》の生《は》えた心臓《しんぞう》」を持《も》っていることに危《あや》ういところで気《き》づいたからだ、と主張《しゅちょう》した（しかしうわさによれば、おばは、実《じつ》はその男《おとこ》が数匹《すうひき》のホークランプ(4)を愛《いと》しんでいるところを見《み》たのだと言《い》う。おばにとっては、それがひどいショックだったらしい）。

近年《きんねん》、『毛《け》の生《は》えた心臓《しんぞう》――誰《だれ》にも夢中《むちゅう》になれない魔法使《まほうつか》いのためのガイドブック(5)』という自助努力《じじょどりょく》の本《ほん》が、ベストセラーの一位《い》にランクされた。

（1）ベアトリックス・ブロクサムの日記によれば、年上のいとこたちにおばさんがこの物語を語り聞かせているのを立ち聞きして以来、衝撃から立ち直れなかったとのことである。「まったく偶然に、幼（いとけな）い小さな耳が鍵穴にくっついてしまった私は、恐ろしさのあまり動けなくなってしまったにちがいない。私は、意図せずしてこのむかむかする物語を全部聞いてしまい、さらにおじのノビーと近所のふしだら女と『跳びはね球根』の入った袋との、ひどくいやらしい情事の一部始終まで、ぞっとしながら聞いてしまった。衝撃でほとんど死にかけた私は、一週間も寝込み、心が深く傷ついて、夜な夜な眠ったまま同じ鍵穴まで歩いていくようになってしまった。とうとう、娘の幸せのみを願っていた私の愛するパパは、寝る時間になると、私の部屋のドアに『粘着呪文』をかけるようになった」。

ベアトリックスがこの物語の書き換え版を『毒キノコ物語』に載せていないところを見ると、どうやらこの「毛だらけ心臓の魔法戦士」を、敏感な子供たちに聞かせるにふさわしい物語に、書き換えることができなかったらしい。

(2)[JKR]「魔法戦士」という言葉は非常に古い。「魔法使い」と同義語として使われることもあるが、もともとは決闘や武芸全般の魔法にすぐれた者を意味する。さらに、勇敢な行為をなした魔法使いに与えられる称号でもあり、マグルの世界で勇敢な手柄により与えられる「騎士」の称号に匹敵する。この物語の若い魔法使いを魔法戦士と呼ぶことで、ビードルは、この魔法使いが若くして、戦闘的な魔法にすぐれているとみなされていたことを示している。現在、魔法使いを「魔法戦士」と呼ぶ時には、次の二つの場合がある。一つはその魔法使いの容貌が猛々しいことを表すため、もう一つは、ある種のすぐれた技や成果を収めた場合の称号として使う。このようなわけで、ダンブルドア自身が「ウィゼンガモット主席魔法戦士」の称号を持っていた。

(3)「超一流魔法薬師協会」を設立したヘクター・ダグワース・グレンジャーは、次のように説明している。「すぐれた魔法薬師であれば、強力にのぼせあがらせることはできる。しかし、真に破ることのできない、永遠の、無条件の愛着の情を創り出した者はいない。これのみが『愛』と呼べるものである」。

(4)ホークランプとは、ごわごわした毛の生えたピンクのキノコのような生物。そんなものをかわいがる者の気が知れぬ。くわしくは『幻の動物とその生息地』を参照。

（5）『毛深い口先・人間の心』とまちがわぬよう注意。この本は、ある男の狼に変身する自分との戦いを描いた、心が引き裂かれる悲痛な物語である。

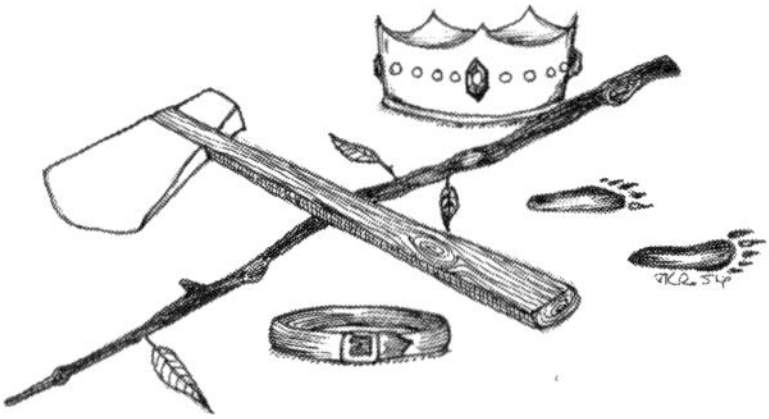

4

バビティうさちゃんとペチャクチャ切《き》り株《かぶ》

BABBITTY RABBITTY AND
HER CACKLING STUMP

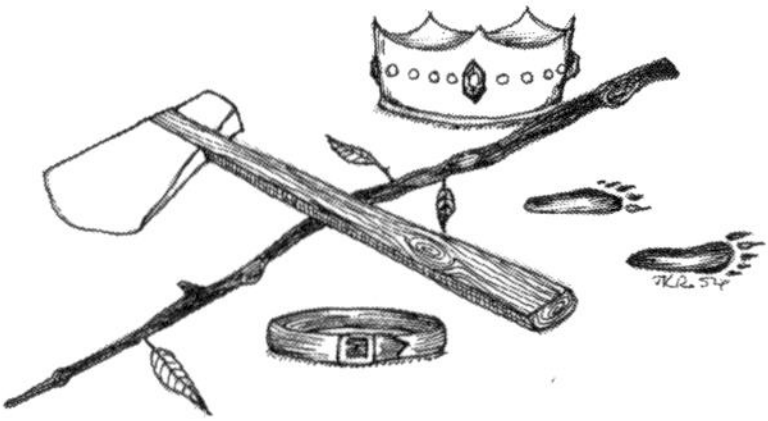

昔《むかし》むかし、ある遠《とお》い国《くに》に、愚《おろ》かな王様《おうさま》がいました。王様《おうさま》は、魔《ま》法《ほう》の力《ちから》を使《つか》うのは自分《じぶん》だけでなければならないと決《き》めました。そこで王様《おうさま》は、軍隊《ぐんたい》の隊長《たいちょう》に命《めい》じて魔女《まじょ》狩《が》り軍団《ぐんだん》を組織《そしき》させ、そこに一群《いちぐん》の獰猛《どうもう》な黒《くろ》いハウンド犬《けん》を配置《はいち》しました。同時《どうじ》に王《おう》様《さま》は、国中《くにじゅう》の村《むら》という村《むら》、町《まち》という町《まち》につぎのようなおふれを出《だ》しました。

「王様《おうさま》の魔《ま》法《ほう》指《し》南役《なんやく》を求《もと》む」

本物《ほんもの》の魔女《まじょ》や魔法使《まほうつか》いは、誰《だれ》も応募《おうぼ》しようとしませんでした。

魔女狩《まじょが》り軍団《ぐんだん》から身《み》を隠《かく》していたからです。

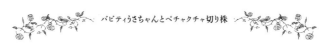

しかし、ずる賢《がしこ》いペテン師《し》が、魔法《まほう》の力《ちから》もないのにこれでひともうけできると考《かんが》え、自分《じぶん》は強大《きょうだい》な力《ちから》を持《も》った魔法使《まほうつか》いだと言《い》って、お城《しろ》にやってきました。ペテン師《し》は、簡単《かんたん》な手品《てじな》を少《すこ》しやってみせて、愚《おろ》かな王様《おうさま》に自分《じぶん》の魔法力《まほうりょく》を信《しん》じこませ、すぐさま「王様《おうさま》のご指南役《しなんやく》・大魔法使《だいまほうつか》い」に任《にん》ぜられました。

ペテン師《し》は王様《おうさま》に、魔法《まほう》の杖《つえ》など、必要《ひつよう》な魔法《まほう》の道具《どうぐ》を買《か》うためと言《い》って、金貨《きんか》の入《はい》った大《おお》きな袋《ふくろ》を要求《ようきゅう》しました。それから、治療《ちりょう》の呪文《じゅもん》をかけるためにと大《おお》きなルビーを数個《すうこ》と、魔法《まほう》薬《やく》を入《い》れて熟成《じゅくせい》させるのに使《つか》うと言《い》って銀《ぎん》の杯《さかずき》をいくつか要《よう》求《きゅう》しました。愚《おろ》かな王様《おうさま》は、これらの品《しな》を全部《ぜんぶ》与《あた》えました。

ペテン師《し》は、与《あた》えられた宝物《たからもの》をすべて自分《じぶん》の家《いえ》に安全《あんぜん》に隠《かく》してから、宮廷《きゅうてい》にもどってきました。

ペテン師《し》はこの時《とき》、宮廷《きゅうてい》の片隅《かたすみ》の掘《ほ》っ立《た》て小屋《ごや》に住《す》む老婆《ろうば》に姿《すがた》を見《み》られていることに気《き》がつきませんでした。老婆《ろうば》の名前《なまえ》はバビティ。ベッド用《よう》のシーツを、ふかふかでよい匂《にお》いがするように、真《ま》っ白《しろ》に洗《あら》い上《あ》げる宮廷《きゅうてい》の洗濯女《せんたくおんな》です。バビティは、ペテン師《し》が王様《おうさま》の宮廷《きゅうてい》の木《き》から小枝《こえだ》を二本《ほん》折《お》り取《と》って城《しろ》に入《はい》っていくのを、干《ほ》したシーツのかげからのぞいていました。

ペテン師《し》は、枝《えだ》の一本《ぽん》を王様《おうさま》に渡《わた》して、これは強大《きょうだい》な力《ちから》を持《も》つ魔法《まほう》の杖《つえ》だと言《い》いくるめました。

「ただし、この杖《つえ》は――」とペテン師《し》は言《い》いました。

「あなたがこの杖《つえ》にふさわしくなるまで、力《ちから》を発揮《はっき》しません」

ペテン師《し》と愚《おろ》かな王様《おうさま》は、毎朝《まいあさ》、宮廷《きゅうてい》の庭《にわ》に出《で》て杖《つえ》を振《ふ》り、空《そら》に向《む》かってでたらめな呪文《じゅもん》を大声《おおごえ》で唱《とな》えました。用心深《ようじんぶか》いペテン師《し》は、王様《おうさま》が「大魔法使《だいまほうつか》い」の技《わざ》と、たいそうな金貨《きんか》を支《し》払《はら》った杖《つえ》の力《ちから》を信用《しんよう》するように、さらにいくつかの手品《てじな》を使《つか》ってみせました。

ある朝《あさ》のこと、いつものようにペテン師《し》と愚《おろ》かな王様《おうさま》が小枝《こえだ》の杖《つえ》を振《ふ》り回《まわ》し、円《えん》を描《えが》いて跳《と》びはねながら何《なん》の意味《いみ》もない呪文《じゅもん》を唱《とな》えていると、王様《おうさま》の耳《みみ》にケタケタと大笑《おおわら》いする声《こえ》が聞《き》こえてきました。洗濯女《せんたくおんな》のバビティが、小《ちい》さな掘《ほ》っ立《た》て小屋《ごや》の窓《まど》から王様《おうさま》とペテン師《し》を見《み》ていたのです。笑《わら》いすぎて立《た》っていられなくなったのか、バビティの姿《すがた》は窓《まど》から見《み》えなくなりました。

「あの年寄《としよ》りの洗濯女《せんたくおんな》が、あれほど笑《わら》うからには、わしがとても威厳《いげん》のない姿《すがた》に見《み》えたにちがいない」

と王様《おうさま》は言《い》いました。

王様《おうさま》は跳《と》びはねたり小枝《こえだ》を振《ふ》り回《まわ》したりするのをやめ、顔《かお》をしかめて言《い》いました。

「もう練習《れんしゅう》はたくさんだ！　大魔法使《だいまほうつか》いよ、いつになったら臣《しん》下《か》の前《まえ》で本物《ほんもの》の魔法《まほう》を使《つか》ってみせることができるのじゃ？」

ペテン師《し》は生徒《せいと》をなだめようとして、まもなく驚《おどろ》くほど見事《みごと》な魔法《まほう》が使《つか》えるようになると請《う》けあいました。しかし、バビティの高笑《たかわら》いは、ペテン師《し》が考《かんが》えるより深《ふか》く王様《おうさま》を傷《きず》つけていました。

「明日《あす》だ」

王様《おうさま》が言《い》いました。

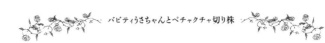

「宮廷中《きゅうていじゅう》の者《もの》を招《まね》き、王《おう》が魔法《まほう》を使《つか》うところを見《み》せるのじゃ！」

ペテン師《し》は、いよいよ宝物《たからもの》を持《も》って逃《に》げる時《とき》が来《き》たと悟《さと》りました。

「ああ、陛下《へいか》、それは不可能《ふかのう》でございます！　申《もう》し上《あ》げるのを忘《わす》れておりましたが、陛下《へいか》、わたしは明日《あす》、長《なが》い旅《たび》に出《で》なければならず――」

「ならん！　大魔法使《だいまほうつか》いよ、わしの許可《きょか》なくこの城《しろ》を去《さ》れば、わが魔女狩《まじょが》り軍団《ぐんだん》とハウンド犬《けん》にそちを追《お》わせるぞ！　明日《あす》の朝《あさ》、そちは、わしが臣下《しんか》の貴族《きぞく》や奥方《おくがた》たちに魔法《まほう》を見《み》せるのを手伝《てつだ》うのじゃ。もし誰《だれ》かがわしを笑《わら》いでもしたら、即刻《そっこく》そちの首《くび》をはねてくれる！」

王様《おうさま》は荒々《あらあら》しく城《しろ》にもどっていき、ひとり残《のこ》されたペテン師《し》は心配《しんぱい》になりました。どんなにずる賢《がしこ》くても、こんどばかりはどうにもなりません。逃《に》げることもできず、かと言《い》って、王様《おうさま》同様《どうよう》自分《じぶん》だって魔法《まほう》など知《し》らないのですから、王様《おうさま》を助《たす》けることもできません。

恐《おそ》れと怒《いか》りをぶつけてやろうと、ペテン師《し》は洗濯女《せんたくおんな》バビティの小屋《こや》の窓《まど》に近《ちか》づきました。中《なか》をのぞくと、小柄《こがら》なおばあさんがテーブルの前《まえ》で杖《つえ》を磨《みが》いていました。その後《うし》ろの部屋《へや》のすみで、王様《おうさま》のシーツが数枚《すうまい》、桶《おけ》の中《なか》で勝手《かって》に自分《じぶん》を洗濯《せんたく》していました。

ペテン師《し》はすぐに、バビティこそ本物《ほんもの》の魔女《まじょ》だと気《き》づきました。バビティのせいで抱《かか》えた難問《なんもん》は、バビティ自身《じしん》が解決《かいけつ》できるということもわかりました。

「老《お》いぼれババァ！」

ペテン師《し》は大声《おおごえ》をあげました。

「おまえが笑《わら》ったおかげで、おれは大変《たいへん》なつけを払《はら》わされるんだ！　おれを助《たす》けられないなら、おまえが魔女《まじょ》だと言《い》いつけるぞ。そうすれば、王様《おうさま》のハウンド犬《けん》に八《や》つ裂《ざ》きにされるのは、おまえのほうだ！」

バビティばあさんはペテン師《し》を見《み》てにやりと笑《わら》い、自分《じぶん》にできることは何《なん》でもすると約束《やくそく》しました。

ペテン師《し》は魔女《まじょ》に、王様《おうさま》が魔法《まほう》を披露《ひろう》している間《あいだ》、しげみに隠《かく》れて王様《おうさま》に悟《さと》られないように王様《おうさま》のかける呪文《じゅもん》を実行《じっこう》するように命《めい》じました。

バビティは承知《しょうち》しましたが、ひとつだけ質問《しつもん》しました。

「でも、だんな様《さま》、王様《おうさま》がこのバビティには実行《じっこう》できない呪文《じゅもん》をかけようとしたら、どうしますか？」

ペテン師《し》はフンとあざ笑《わら》いました。

「おまえの魔力《まりょく》は、あのバカが考《かんが》えつくことなど、はるかに上《うわ》回《まわ》っておるわ」

こう請《う》けあって、ペテン師《し》は自分《じぶん》の頭《あたま》のよさに満足《まんぞく》しながら城《しろ》にもどりました。

翌朝《よくあさ》、王国中《おうこくじゅう》の貴族《きぞく》や奥方《おくがた》が宮廷《きゅうてい》の庭《にわ》に集《あつ》まりました。王様《おうさま》はペテン師《し》をわきに従《したが》えて、みんなの前《まえ》で舞台《ぶたい》に上《あ》がりました。

「まずはこちらのご婦人《ふじん》の帽子《ぼうし》を消《け》してみせよう！」

王様《おうさま》は小枝《こえだ》を貴婦人《きふじん》に向《む》けながら、大声《おおごえ》でそう言《い》いました。

近《ちか》くのしげみに隠《かく》れたバビティは、杖《つえ》を帽子《ぼうし》に向《む》け、それを消《け》しました。集《あつ》まった貴族《きぞく》たちは大《おお》いに驚《おどろ》き、感心《かんしん》して、大得意《だいとくい》の王様《おうさま》に拍手喝采《はくしゅかっさい》しました。

「つぎは、あの馬《うま》に空《そら》を飛《と》ばせてみせよう」

王様《おうさま》は自分《じぶん》の馬《うま》に小枝《こえだ》を向《む》けながら、大声《おおごえ》でそう言《い》いました。

バビティがしげみの中《なか》から馬《うま》に杖《つえ》を向《む》けると、馬《うま》は空高《そらたか》く昇《のぼ》っていきました。

集《あつ》まった人々《ひとびと》はますます驚《おどろ》き、感心《かんしん》して、魔法使《まほうつか》いの王様《おうさま》を大声《おおごえ》でほめたたえました。

「さてこんどは――」

王様《おうさま》は何《なに》をしようかと、まわりを見回《みまわ》しました。すると、魔《ま》女狩《じょが》り隊《たい》の隊長《たいちょう》が走《はし》って進《すす》み出《で》てきました。

「陛下《へいか》」

隊長《たいちょう》が言《い》いました。

「犬《いぬ》のセーブルが、今朝《けさ》、毒《どく》キノコを食《く》って死《し》んでしまいました！ 陛下《へいか》、どうぞあなた様《さま》の杖《つえ》で生《い》き返《かえ》らせてください！」

そして隊長《たいちょう》は、魔女狩《まじょが》り隊《たい》のハウンド犬《けん》の中《なか》でも一番大《いちばんおお》きな犬《いぬ》のなきがらを舞台《ぶたい》に押《お》し上《あ》げました。

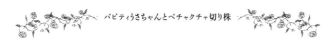

愚《おろ》かな王様《おうさま》は、死《し》んだ犬《いぬ》に小枝《こえだ》を向《む》けて振《ふ》り回《まわ》しました。しかし、しげみの中《なか》のバビティは、にやりと笑《わら》い、杖《つえ》を上《あ》げようともしませんでした。どんな魔法《まほう》でも、死《し》んだものを生《い》き返《かえ》らせることはできないからです。

犬《いぬ》がぴくりとも動《うご》かないのを見《み》て、集《あつ》まった人々《ひとびと》はまずヒソヒソささやきはじめ、それから笑《わら》いだしました。王様《おうさま》の最初《さいしょ》の二つの魔法《まほう》は、結局《けっきょく》単《たん》なる手品《てじな》だったのではないかと疑《うたが》ったのです。

「どうして効《き》かぬのじゃ?」

王様《おうさま》はペテン師《し》に向《む》かって金切《かなき》り声《ごえ》をあげました。ペテン師《し》はとっさに、残《のこ》された手段《しゅだん》はこれしかないと考《かんが》えました。

「王様《おうさま》、あそこです。あそこ！」

ペテン師《し》はバビティがしゃがみこんで隠《かく》れているしげみを指《ゆび》さしながらさけびました。

「わたしにははっきり見《み》えます。邪悪《じゃあく》な呪文《じゅもん》であなた様《さま》の魔法《まほう》の邪魔《じゃま》をした、悪《わる》い魔女《まじょ》がいます。捕《つか》まえろ、誰《だれ》かあの魔女《まじょ》を捕《つか》まえるんだ！」

しげみから飛《と》び出《だ》したバビティを、魔女狩《まじょが》り隊《たい》は犬《いぬ》を放《はな》して追《お》いました。ハウンド犬《けん》たちは、バビティの血《ち》を求《もと》めてうなりながら追《お》いました。しかし、低《ひく》い植《う》え込《こ》みのところまで来《く》ると、小柄《こがら》な魔女《まじょ》の姿《すがた》は消《き》えてしまいました。王様《おうさま》とペテン師《し》、そして貴族《きぞく》たちが植《う》え込《こ》みの反対側《はんたいがわ》に来《き》てみると、魔女狩《まじょが》り犬《けん》の軍団《ぐんだん》が、曲《ま》がりくねった古木《こぼく》の根元《ねもと》をひっかきながら吠《ほ》えていました。

「魔女《まじょ》が木《き》に化《ば》けた！」

ペテン師《し》がさけびました。そして、バビティが元《もと》の老婆《ろうば》にもどって自分《じぶん》を責《せ》めることを恐《おそ》れてこう言《い》いました。

「陛下《へいか》、木《き》を切《き》り倒《たお》すのです。悪《わる》い魔女《まじょ》はそうやってやっつけるのです！」

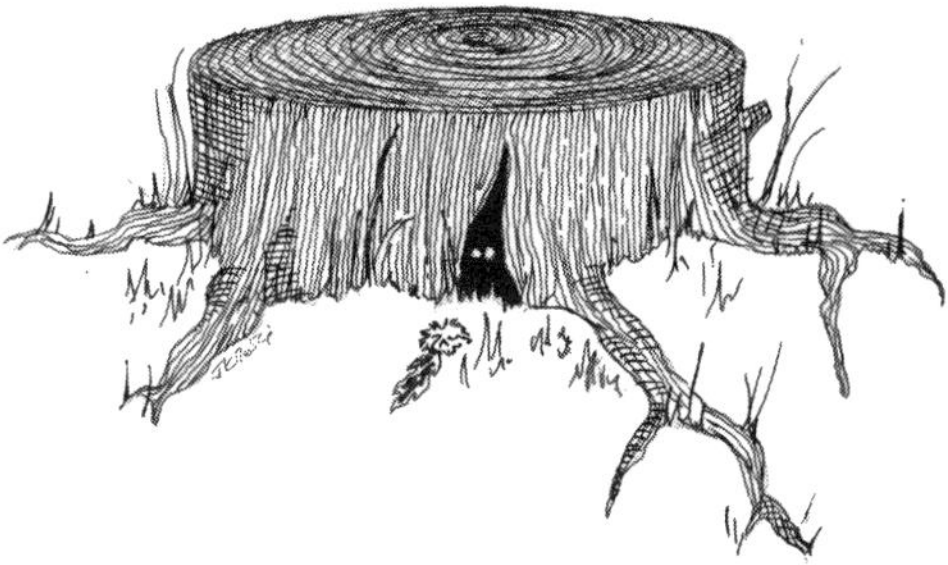

すぐに斧《おの》が運《はこ》ばれて古木《こぼく》は切《き》り倒《たお》され、貴族《きぞく》やペテン師《し》は大《おお》きな歓声《かんせい》をあげました。

ところが、みんなが城《しろ》に帰《かえ》りかけると、ケタケタという大《おお》きな笑《わら》い声《ごえ》がして、みんなの足《あし》を止《と》めました。

「バカ者《もの》たちめ！」

背後《はいご》に残《のこ》してきた古木《こぼく》の切《き》り株《かぶ》から、バビティのさけぶ声《こえ》が聞《き》こえました。

「半分《はんぶん》に切《き》られたくらいで死《し》ぬ魔女《まじょ》や魔法使《まほうつか》いがいるものか！　斧《おの》を取《と》れ。わたしの言《い》うことが信《しん》じられないなら、『大魔法使《だいまほうつか》い』を真《ま》っ二《ぷた》つに切《き》ってみるがいい！」

魔女狩《まじょが》り隊《たい》の隊長《たいちょう》は、ためしてみたくてしかたがありません。斧《おの》を振《ふ》り上《あ》げると、ペテン師《し》はひざまずいてあわれみを請《こ》いながら、自《みずか》らの悪事《あくじ》をすべて白状《はくじょう》しました。ペテン師《し》が地下牢《ちかろう》に引《ひ》きずられていくと、切《き》り株《かぶ》はますます大声《おおごえ》で笑《わら》いました。

「魔女《まじょ》を半分《はんぶん》に切《き》った罰《ばつ》で、おまえはこの王国《おうこく》に恐《おそ》ろしい呪《のろ》いを解《と》き放《はな》した！」

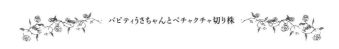

石《いし》のように身《み》を固《かた》くした王様《おうさま》に向《む》かって、切《き》り株《かぶ》が言《い》いました。

「これからは、わたしの仲間《なかま》の魔女《まじょ》や魔法使《まほうつか》いたちを傷《きず》つければ、そのたびに、おまえのわき腹《ばら》に斧《おの》を打《う》ちこまれたような痛《いた》みが走《はし》るだろう。痛《いた》くて死《し》んだほうがましだと思《おも》うまで続《つづ》くぞ！」

これには王様《おうさま》もひざまずき、切《き》り株《かぶ》に向《む》かって、すぐに新《あたら》しいおふれを出《だ》すと誓《ちか》いました。これから先《さき》は、王国中《おうこくじゅう》の魔女《まじょ》や魔法使《まほうつか》いは保護《ほご》され、自由《じゆう》に魔法《まほう》を使《つか》ってもよいというおふれです。

「いいだろう」

切《き》り株《かぶ》が言《い》いました。

「しかし、おまえはまだ、バビティにつぐないをしていない！」

「何《なん》でもします。何《なん》でも！」

愚《おろ》かな王様《おうさま》は、切《き》り株《かぶ》の前《まえ》で両手《りょうて》をあわせ、身《み》もだえしながらさけびました。

「わたしの上《うえ》に、バビティの像《ぞう》を建《た》てるのだ。かわいそうな洗《せん》濯女《たくおんな》の思《おも》い出《で》に。そして、おまえが自分《じぶん》の愚《おろ》かさをいつまでも忘《わす》れないようにするためだ！」

切《き》り株《かぶ》が言《い》いました。

王様《おうさま》はすぐに承知《しょうち》しました。そして、国一番《くにいちばん》の彫刻師《ちょうこくし》に命《めい》じて、純金《じゅんきん》の像《ぞう》を建《た》てると約束《やくそく》しました。それから、恥入《はじい》った王《おう》様《さま》と貴族《きぞく》たちは、ケタケタ笑《わら》う切《き》り株《かぶ》をあとに残《のこ》して、城《しろ》にもどりました。

庭《にわ》に誰《だれ》もいなくなると、切《き》り株《かぶ》の根元《ねもと》の狭《せま》い穴《あな》から、ヒゲのぴんぴんした元気《げんき》そうな年寄《としよ》りうさぎが身《み》をくねらせ、口《くち》に杖《つえ》をくわえて出《で》てきました。バビティうさちゃんは、宮廷《きゅうてい》の庭《にわ》からピョンピョンピョン飛《と》び出《だ》し、遠《とお》くに行《い》ってしまいました。

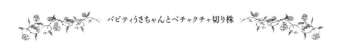

洗濯女《せんたくおんな》の金《きん》の像《ぞう》は、切《き》り株《かぶ》の上《うえ》にいつまでも残《のこ》り、それからはこの王国《おうこく》で、魔女《まじょ》や魔法使《まほうつか》いが迫害《はくがい》を受《う》けることはありませんでした。

めでたし、めでたし。

「バビティうさちゃんとペチャクチャ切《き》り株《かぶ》」に寄《よ》せて

アルバス・ダンブルドア

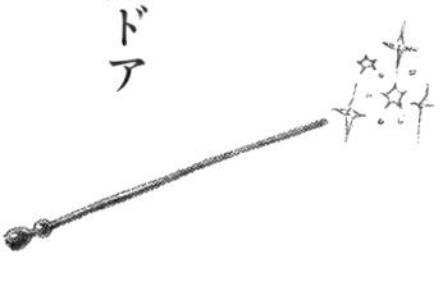

「バビティうさちゃんとペチャクチャ切《き》り株《かぶ》」の物語《ものがたり》は、ある意味《いみ》で、「ビードルの物語《ものがたり》」の中《なか》では一番《いちばん》「真実味《しんじつみ》のある」一篇《いっぺん》である。と言《い》うのも、この物語《ものがたり》に描《えが》かれた魔法《まほう》が、既知《きち》の魔法《まほう》の法則《ほうそく》にほとんど完全《かんぜん》に合致《がっち》しているからである。

この物語《ものがたり》を通《つう》じて初《はじ》めて、死者《ししゃ》を呼《よ》びもどすことは魔法《まほう》でもできないということを知《し》った者《もの》は多《おお》い――子供《こども》のころは、死《し》んだネズミや猫《ねこ》も、両親《りょうしん》が杖《つえ》のひと振《ふ》りで眠《ねむ》りから覚《さ》ましてくれるものと信《しん》じきっていたので、この事実《じじつ》には大変失望《たいへんしつぼう》しショックを受《う》けたものであった。

ビードルが物語《ものがたり》を書《か》いてから約《やく》六百年《ねん》をへたが、愛《あい》する者《もの》が存在《そんざい》し続《つづ》けているかのように錯覚《さっかく》させる方法《ほうほう》は数多《かずおお》く考《かんが》え出《だ》されはしたものの、[1]一度死《いちどし》んだ者《もの》の肉体《にくたい》と魂《たましい》を再《ふたた》び結《むす》びつける方法《ほうほう》を、魔法《まほう》界《かい》はいまだ見出《みいだ》してはいない。

著名《ちょめい》なる魔法界《まほうかい》の哲学者《てつがくしゃ》、バートランド・デ・ポンセープロフォンデス（沈思黙考《ちんしもっこう》のバートランド）の有名《ゆうめい》な著書《ちょしょ》、『自然死《しぜんし》についての形而上《けいじじょう》ならびに形而下《けいじか》の影響《えいきょう》をくつがえす可能性《かのうせい》の研究《けんきゅう》——特《とく》に物質《ぶっしつ》と精神《せいしん》との再結合《さいけつごう》に関《かん》して』に曰《いわ》く、

「いいかげんあきらめろ。そんなことは無理《むり》」

ところで「バビティうさちゃん」の物語《ものがたり》は、文学《ぶんがく》に「動物《アニメーガス》もどき」

が登場《とうじょう》する最《もっと》も初期《しょき》の作品《さくひん》のひとつである。洗濯女《せんたくおんな》のバビティが、意《い》のままに動物《どうぶつ》に変身《へんしん》できる、稀《まれ》なる魔法力《まほうりょく》を持《も》っておったからである。

「動物もどき《アニメーガス》」は、ごく一部《いちぶ》の魔法使《まほうつか》いにかぎられている。完全《かんぜん》に、しかも自在《じざい》に動物《どうぶつ》に変身《へんしん》するには相当《そうとう》の学問《がくもん》と修養《しゅうよう》を必要《ひつよう》とし、多《おお》くの魔法使《まほうつか》いたちは、もっとましなことに時間《じかん》を費《つい》やすほうがよいと考《かんが》える。もちろん、変装《へんそう》したり身《み》を隠《かく》したりする必要《ひつよう》に迫《せま》られないかぎり、そのような能力《のうりょく》を使《つか》う場面《ばめん》はかぎられている。つまり、このような魔法《まほう》が最《もっと》も役立《やくだ》つのは、隠密行動《おんみつこうどう》、潜伏活動《せんぷくかつどう》、または犯罪《はんざい》を行《おこな》うときだからである。[2] それだからこそ魔法省《まほうしょう》は、「動物もどき《アニメーガス》」の登録《とうろく》を義務《ぎむ》づけた。

うさぎに変身《へんしん》できる洗濯女《せんたくおんな》がはたして実在《じつざい》したかどうかは疑《うたが》いの余地《よち》があるが、魔法史家《まほうしか》の中《なか》には、バビティのモデルは一四二二年《ねん》にパリで魔女判決《まじょはんけつ》を受《う》けたフランスの魔女《まじょ》、リセット・ド・ラパン（うさぎのリセット）だとする説《せつ》がある。この魔女《まじょ》の逃亡《とうぼう》を助《たす》けようとしたマグルの看守《かんしゅ》たちは、処刑《しょけい》の前夜《ぜんや》、リセットが独房《どくぼう》から姿《すがた》を消《け》しているのに驚《おどろ》いた。リセットが「動物もどき《アニメーガス》」かどうか、さらに独房《どくぼう》の窓《まど》の鉄格子《てつごうし》を首尾《しゅび》よくくぐり抜《ぬ》けたかどうかの証拠《しょうこ》はないが、後日《ごじつ》、英仏海峡《えいふつかいきょう》を大鍋《おおなべ》に帆《ほ》をかけて渡《わた》る大《おお》きな白《しろ》うさぎが目撃《もくげき》されており、その後似《ごに》たようなうさぎが、ヘンリー六世《せい》の宮廷《きゅうてい》における相談役《そうだんやく》として厚《あつ》い信頼《しんらい》を受《う》けていたと言《い》う(3)。

「ビードルの物語《ものがたり》」に登場《とうじょう》する王《おう》は、魔法《まほう》への憧《あこが》れと、同時《どうじ》に畏《おそ》れを抱《いだ》いた愚《おろ》かなマグルである。呪文《じゅもん》を唱《とな》えたり杖《つえ》を振《ふ》ったりすることを学《まな》ぶだけで魔法使《まほうつか》いになれると信《しん》じており、[4] 魔法《まほう》ならびに魔法《まほう》使《つか》いの本質《ほんしつ》が何《なに》かについてはまったく無知《むち》であった。そのため、ペテン師《し》やバビティが途方《とほう》もないことを言《い》っても、すべてを鵜呑《うの》みにしたのだ。これはまちがいなく、ある種《しゅ》のマグルに典型的《てんけいてき》に見《み》られる考《かんが》え方《かた》で、無知《むち》ゆえに、魔法《まほう》というだけでどんなに不可能《ふかのう》そうなことでも受《う》け入《い》れてしまう。

たとえば、バビティは木《き》になってさえも考《かんが》えたりしゃべったりできるという設定《せってい》も受《う》け入《い》れる（しかしここで注意《ちゅうい》すべきなのは、ビードルが、しゃべる木《き》を登場《とうじょう》させることでマグルの王《おう》の無知《むち》ぶりを示《しめ》す一方《いっぽう》、バビティがうさぎになっても話《はな》せると、読者《どくしゃ》にそう信《しん》じ込《こ》ませようとしている点《てん》である。これは詩的《してき》なたとえなのかもしれないが、私《わたし》はむしろ、ビードルが「動物もどき《アニメーガス》」に関《かん》しては話《はなし》に聞《き》いただけで、実際《じっさい》に出会《であ》ったことはなかったのではないかと考《かんが》える。と言《い》うのも、この物語《ものがたり》の中《なか》で、魔法《まほう》の法則《ほうそく》から逸脱《いつだつ》しているのはこの点《てん》だけだからである。「動物もどき《アニメーガス》」は、動物《どうぶつ》の形態《けいたい》を取《と》る間《あいだ》、人間《にんげん》の言語能力《げんごのうりょく》を保持《ほじ》できない。しかし、人間《にんげん》としての考《かんが》えや論理能力《ろんりのうりょく》はそのままである。これが、「動物もどき《アニメーガス》」と動物《どうぶつ》への変《へん》身《しん》との根本的《こんぽんてき》なちがいであるということは、学齢《がくれい》の子供《こども》ならみな知《し》っている。変身《へんしん》の場合《ばあい》は完全《かんぜん》に動物《どうぶつ》になってしまうので、魔法《まほう》など知《し》らず、自分《じぶん》が魔法使《まほうつか》いであったことも認識《にんしき》していない。元《もと》の姿《すがた》に戻《もど》るためには、誰《だれ》かに術《じゅつ》を解《と》いてもらわなければならない）。

物語《ものがたり》のヒロインを木《き》に変身《へんしん》させ、「わき腹《ばら》に斧《おの》を打《う》ちこまれるような痛《いた》みを感《かん》じさせてやる」と王様《おうさま》を脅《おど》す筋書《すじが》きから見《み》て、ビードルは、本物《ほんもの》の魔法《まほう》の伝統《でんとう》と慣習《かんしゅう》に触発《しょくはつ》されてこの物語《ものがたり》を書《か》いた可能《かのう》性《せい》があると考《かんが》える。杖《つえ》にふさわしい材質《ざいしつ》の樹木《じゅもく》は、いつの時代《じだい》においても、木《き》の世話《せわ》をする杖作《つえつく》りたちによって強力《きょうりょく》に保護《ほご》されてきた。そういう樹木《じゅもく》を切《き》り倒《たお》して盗《ぬす》もうとする者《もの》は、通常《つうじょう》その木《き》に棲《す》むボウトラックル(5)の恨《うら》みを買《か》うばかりでなく、樹木《じゅもく》の持《も》ち主《めし》によって木《き》の周《まわ》りに施《ほどこ》された防護用《ぼうごよう》のさまざまな呪《のろ》いを浴《あ》びることになる。ビードルの時代《じだい》には、「磔《はりつけ》の呪文《じゅもん》」(6)はまだ魔法省《まほうしょう》によって非合法化《ひごうほうか》されていなかったため、バビティが王様《おうさま》に投《な》げつけた脅《おど》し文句《もんく》どおりの痛《いた》みを引《ひ》き起《お》こすことになったのかもしれない。

（1）［JKR］魔法界の写真や肖像画の人物は動くし、（肖像画の場合は）話す。ごく稀だが、「みぞの鏡」のように、愛する故人の静止したイメージ以上のものを表すことができる品もある。ゴーストとは、何らかの理由でこの地上にとどまることを願った魔法使いや魔女が、動いたり話したり考えたりする透明な姿のこと。

（2）［JKR］ホグワーツ校長のマクゴナガル教授は、以下の点を明確にしてほしいと私に頼んだ。自分が「動物もどき」になったのは、変身術の分野における幅広い研究の結果であり、例外的な場合を除いては、「トラ猫」に変身する能力をあやしげな目的のために使ったことはない。例外とは、「不死鳥の騎士団」のための正当な仕事であり、それには機密性や潜伏活動が必須であった。

（3）このマグルの王が精神不安定であった、という評判は、そのせいかもしれない。

（4）古くは、一六七二年に行われた魔法省神秘部の広範な調査によれば、魔法使いや魔女は生まれつきのものであり、創り上げられるものではない。時に、明らかに非魔法族の血筋でも（もっともその後のいくつかの調査の結果、家系図のどこかに魔女や魔法使いが存在したことをうかがわせるものがあったが）、魔法の能力を持つ「変わり種」が出現するが、マグルは魔法が使えない。せいぜい――または最悪の場合――マグルが魔法を経験するのは、魔法の力を伝える道具であるはずの本物の魔法の杖にまだ魔法力が残っていて、それが変な拍子に暴発し、予測不能、調節不能の効果をもたらすときのみである――「三人兄弟の物語」に寄せた杖に関する記述も参照のこと。

（5）木に棲む興味深いこの小さな生き物についてのくわしい説明は、『幻の動物とその生息地』を参照のこと。

（6）「磔の呪文」「服従の呪文」「アバダ　ケダブラ」の三つの呪いが、初めて「許されざる呪文」として分類されたのは一七一七年のことで、それらの使用には厳しい罰則が設けられた。

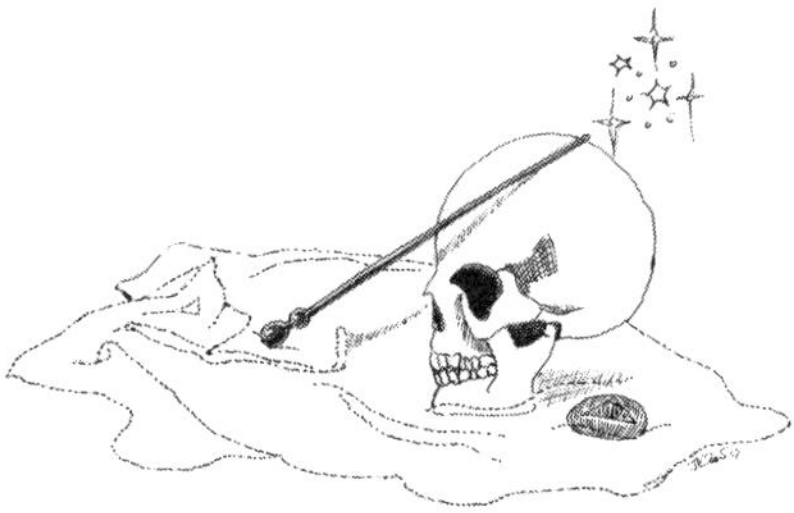

5

三人兄弟《さんにんきょうだい》の物語《ものがたり》

THE TALE OF THE
THREE BROTHERS

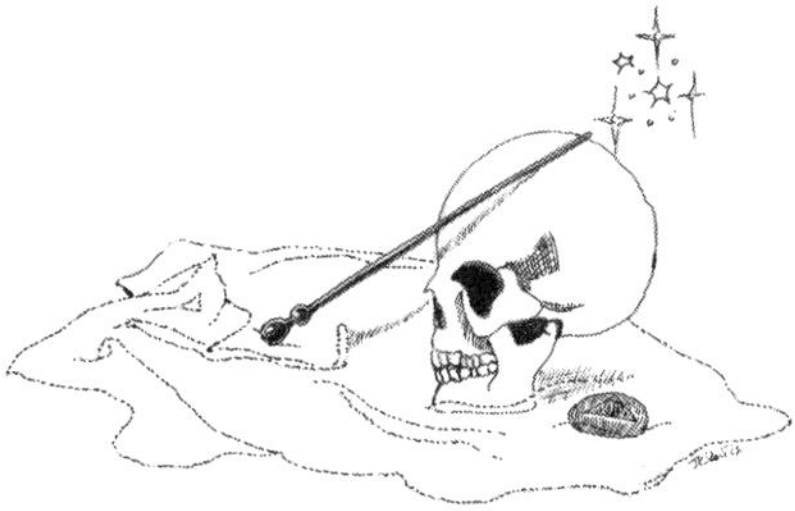

昔《むかし》むかし、三人《にん》の兄弟《きょうだい》がさびしい曲《ま》がりくねった道《みち》を、夕暮《ゆうぐ》れ時《どき》に旅《たび》していました。

やがて兄弟《きょうだい》は、歩《ある》いては渡《わた》れないほど深《ふか》く、泳《およ》いで渡《わた》るには危険《きけん》すぎる川《かわ》に着《つ》きました。でも三人《にん》は魔法《まほう》を学《まな》んでいたので、杖《つえ》をひと振《ふ》りしただけでその危《あぶ》なげな川《かわ》に橋《はし》をかけました。半分《はんぶん》ほど渡《わた》ったところで三人《にん》は、フードをかぶった何者《なにもの》かが行《ゆ》く手《て》をふさいでいるのに気《き》がつきました。

そして、『死《し》』が三人《にん》に語《かた》りかけました。三人《にん》の新《あたら》しい獲物《えもの》

にまんまとしてやられてしまったので、『死《し》』は怒《おこ》っていました。と言《い》うのも、旅人《たびびと》はたいてい、その川《かわ》でおぼれ死《し》んでいたからです。でも『死《し》』は狡猾《こうかつ》でした。三人《にん》の兄弟《きょうだい》が魔法《まほう》を使《つか》ったことをほめるふりをしました。そして、『死《し》』をまぬかれるほど賢《かしこ》い三人《にん》に、それぞれほうびをあげると言《い》いました。

一番上《いちばんうえ》の兄《あに》は戦闘好《せんとうず》きでしたから、存在《そんざい》するどの杖《つえ》よりも強《つよ》い杖《つえ》をくださいと言《い》いました。決闘《けっとう》すれば必《かなら》ず持《も》ち主《ぬし》が勝《か》つという、『死《し》』を克服《こくふく》した魔法使《まほうつか》いにふさわしい杖《つえ》を要求《ようきゅう》したのです！ そこで『死《し》』は、川岸《かわぎし》のニワトコの木《き》まで歩《ある》いていき、下《さ》がっていた枝《えだ》から一本《ぽん》の杖《つえ》を作《つく》り、それを一番上《いちばんうえ》の兄《あに》に与《あた》えました。

二番目《ばんめ》の兄《あに》は、傲慢《ごうまん》な男《おとこ》でしたから、『死《し》』をもっとはずかしめてやりたいと思《おも》いました。そこで、人々《ひとびと》を『死《し》』から呼《よ》びもどす力《ちから》を要求《ようきゅう》しました。すると『死《し》』は、川岸《かわぎし》から一個《こ》の石《いし》を拾《ひろ》って二番目《ばんめ》の兄《あに》に与《あた》え、こう言《い》いました。

「この石《いし》は、死者《ししゃ》を呼《よ》びもどす力《ちから》を持《も》つであろう」

さて次《つぎ》に、『死《し》』は一番下《いちばんした》の弟《おとうと》に何《なに》がほしいかとたずねました。三番目《ばんめ》の弟《おとうと》は、兄弟《きょうだい》の中《なか》で一番謙虚《いちばんけんきょ》で、しかも一番賢《いちばんかしこ》い人《ひと》でした。そして、『死《し》』を信用《しんよう》していませんでした。そこでその弟《おとうと》は、『死《し》』に跡《あと》をつけられずに、その場《ば》から先《さき》に進《すす》むことができるようなものがほしいと言《い》いました。

そこで『死《し》』はしぶしぶ、自分《じぶん》の持《も》ち物《もの》の『透明《とうめい》マント』を与《あた》えました。

それから『死《し》』は、道《みち》をあけて三人《にん》の兄弟《きょうだい》が旅《たび》を続《つづ》けられるようにしました。

三人《にん》は今《いま》しがたの冒険《ぼうけん》の不思議《ふしぎ》さを話《はな》し合《あ》い、『死《し》』の贈《おく》り物《もの》に感嘆《かんたん》しながら旅《たび》を続《つづ》けました。

やがて三人《にん》は別《わか》れて、それぞれの目的地《もくてきち》に向《む》かいました。

一番上《いちばんうえ》の兄《あに》は、一週間《しゅうかん》ほど旅《たび》をして、遠《とお》い村《むら》に着《つ》き、争《あらそ》っていた魔法使《まほうつか》いを探《さが》し出《だ》しました。『ニワトコの杖《つえ》』が武器《ぶき》ですから、当然《とうぜん》、そのあとに起《お》こった決闘《けっとう》に勝《か》たないわけはありません。死《し》んで床《ゆか》に倒《たお》れている敵《てき》を置《お》き去《ざ》りにして、一番上《いちばんうえ》の兄《あに》は旅籠《はたご》に行《い》き、そこで『死《し》』そのものから奪《うば》った強力《きょうりょく》な杖《つえ》について大声《おおごえ》で話《はな》し、自分《じぶん》は無敵《むてき》になったと自慢《じまん》しました。

その晩《ばん》のことです。ひとりの魔法使《まほうつか》いが、ワインに酔《よ》いつぶれて眠《ねむ》っている一番上《いちばんうえ》の兄《あに》に忍《しの》び寄《よ》りました。その盗人《ぬすびと》は杖《つえ》を奪《うば》い、ついでに一番上《いちばんうえ》の兄《あに》ののどをかき切《き》りました。

そうして『死《し》』は、一番上《いちばんうえ》の兄《あに》を自分《じぶん》のものにしました。

一方《いっぽう》、二番目《ばんめ》の兄《あに》は、ひとり暮《ぐ》らしをしていた自分《じぶん》の家《いえ》にもどりました。そこですぐに死人《しにん》を呼《よ》びもどす力《ちから》のある石《いし》を取《と》り出《だ》し、手《て》の中《なか》で三度《ど》回《まわ》しました。驚《おどろ》いたことに、そしてうれしいことに、若《わか》くして死《し》んだ、その昔結婚《むかしけっこん》を夢見《ゆめみ》た女性《じょせい》の姿《すがた》が現《あらわ》れました。

しかし、彼女《かのじょ》は無口《むくち》で冷《つめ》たく、二番目《ばんめ》の兄《あに》とはベールで仕切《しき》られているかのようでした。この世《よ》にもどってきたものの、その女性《じょせい》は完全《かんぜん》にはこの世《よ》にはなじめずに苦《くる》しみました。二番目《ばんめ》の兄《あに》は、望《のぞ》みのない思慕《しぼ》で気《き》も狂《くる》わんばかりになり、彼女《かのじょ》と本《ほん》当《とう》に一緒《いっしょ》になるために、とうとう自《みずか》らの命《いのち》を絶《た》ちました。

そうして『死《し》』は、二番目《ばんめ》の兄《あに》を自分《じぶん》のものにしました。

しかし三番目《ばんめ》の弟《おとうと》は、『死《し》』が何年探《なんねんさが》しても、けっして見《み》つけることができませんでした。三番目《ばんめ》の弟《おとうと》は、とても高齢《こうれい》になった時《とき》に、ついに『透明《とうめい》マント』を脱《ぬ》ぎ、息子《むすこ》にそれを与《あた》えました。

そして三番目《ばんめ》の弟《おとうと》は、『死《し》』を古《ふる》い友人《ゆうじん》として迎《むか》え、喜《よろこ》んで『死《し》』とともに行《い》き、同《おな》じ仲間《なかま》として、一緒《いっしょ》にこの世《よ》を去《さ》ったのでした。

「三人兄弟《さんにんきょうだい》の物語《ものがたり》」に寄《よ》せて

アルバス・ダンブルドア

この物語《ものがたり》には、幼《おさな》かりしころ非常《ひじょう》な感銘《かんめい》を受《う》けた。最初《さいしょ》に母親《ははおや》から語《かた》り聞《き》かされて以来《いらい》、私《わたし》は、寝《ね》る前《まえ》に何《なに》よりもこの話《はなし》が聞《き》きたいとせがむようになった。そのことで、弟《おとうと》のアバーフォースとよくいさかいになったものだ。弟《おとうと》のお気《き》に入《い》りは「汚《よご》れたヤギのブッブッ君《くん》」の物語《ものがたり》であった。

「三人兄弟《さんにんきょうだい》の物語《ものがたり》」の教訓《きょうくん》は、まちがうべくもない。死《し》を回避《かいひ》せんとしたり克服《こくふく》せんとする人間《にんげん》の努力《どりょく》は、結局《けっきょく》は失望《しつぼう》に帰《き》すということである。三人《にん》は一度《いちど》はからくも「死《し》」の手《て》を逃《のが》れはしたものの、それとてせいぜい、次《つぎ》に死《し》に出会《であ》う機会《きかい》をできるだけ先延《さきの》ばしにすることでしかないということを、三人兄弟《さんにんきょうだい》の中《なか》で唯一《ゆいいつ》、末《すえ》の弟《おとうと》（「一番謙虚《いちばんけんきょ》で、しかも一番賢《いちばんかしこ》い」弟《おとうと》）だけが理解《りかい》しておった。すなわち、一番上《いちばんうえ》の兄《あに》のように暴力《ぼうりょく》を振《ふ》るったり、二番目《ばんめ》の兄《あに》のように死者《ししゃ》と交霊《こうれい》する薄暗《うすぐら》い技《わざ》を弄《ろう》して(1)「死《し》」を嘲《あざけ》るのは、手練手管《てれんてくだ》の敵《てき》に勝《か》ち目《め》のない戦《たたか》いを挑《いど》むようなものだということを、末《すえ》の弟《おとうと》は知《し》っておったのである。

この物語《ものがたり》には、中身《なかみ》にまつわる奇妙《きみょう》な伝説《でんせつ》が生《う》まれたが、皮肉《ひにく》にもその伝説《でんせつ》はもともとの物語《ものがたり》の教訓《きょうくん》とは矛盾《むじゅん》する内容《ないよう》であった。つまり、死《し》が兄弟《きょうだい》に与《あた》えた贈《おく》り物《もの》——無敵《むてき》の杖《つえ》、死者《ししゃ》を呼《よ》びもどす石《いし》、永久《えいきゅう》に長持《ながも》ちする透明《とうめい》マント——が、実在《じつざい》する本物《ほんもの》の品《しな》であるという伝説《でんせつ》である。さらにその伝説《でんせつ》によれば、三つの品全部《しなぜんぶ》の正当《せいとう》なる所有者《しょゆうしゃ》となった者《もの》は、「死《し》を制《せい》する者《もの》」、つまり不敗《ふはい》で不死身《ふじみ》の者《もの》にさえなれると言《い》う。

この伝説《でんせつ》が語《かた》る「人《ひと》の性《さが》」を思《おも》うとき、われわれはやや自嘲的《じちょうてき》にほほ笑《え》むかもしれない。親切《しんせつ》に解釈《かいしゃく》するならば、「希望《きぼう》は永遠《えいえん》に人《にん》間《げん》の胸《むね》に湧《わ》く(2)」と言《い》えよう。三つの品物《しなもの》のうちの二つは、非常《ひじょう》に危《き》険《けん》な品《しな》であるという事実《じじつ》をビードルが物語《ものがた》っているにもかかわらず、さらに死《し》は最後《さいご》には誰《だれ》にでも訪《おとず》れるものだという紛《まぎ》れもない教訓《きょうくん》にもかかわらず、ほんのひと握《にぎ》りではあるが、魔法界《まほうかい》の一部《いちぶ》には、インクで書《か》かれた文字《もじ》とは裏腹《うらはら》のメッセージをビードルが暗号化《あんごうか》して送《おく》っていると信《しん》じ、それを解読《かいどく》できるのは自分《じぶん》たちだけだと思《おも》い込《こ》んでいる者《もの》がいる。

　この者《もの》たちの理論《りろん》（むしろ、「必死《ひっし》の望《のぞ》み」と表現《ひょうげん》するほうが正《ただ》しいかもしれぬ）には、それを裏《うら》づける正確《せいかく》な証拠《しょうこ》はほとんどない。真《しん》の「透明《とうめい》マント」は、非常《ひじょう》にめずらしい品《しな》ではあるが、魔法界《まほうかい》にいくつか実在《じつざい》する。ただし、この物語《ものがたり》が明《あき》らかにしているように、「死《し》のマント」なる品《しな》は、類《たぐい》なき耐久性《たいきゅうせい》(3)を持《も》つ。しかし、ビードルの時代《じだい》から今日《こんにち》までの何世紀《なんせいき》もの間《あいだ》、「死《し》のマント」を発見《はっけん》したと主張《しゅちょう》する者《もの》はいなかった。この事実《じじつ》に対《たい》しては説明《せつめい》がつくと、真《しん》の信奉者《しんぽうしゃ》たちは言《い》う。つまり、末《すえ》の弟《おとうと》の子孫《しそん》が、そのマントの由緒《ゆいしょ》来歴《らいれき》を知《し》らなかったか、または知《し》っているからこそそれを吹聴《ふいちょう》しない、という先祖《せんぞ》の英知《えいち》を固《かた》く守《まも》っているのだと。

当然《とうぜん》ながら、「石《いし》」も発見《はっけん》されてはいない。「バビティうさちゃんとペチャクチャ切《き》り株《かぶ》」の解説《かいせつ》にも示《しめ》したように、われわれは依然《いぜん》として死者《ししゃ》をよみがえらせることはできないし、これからもできないであろうと考《かんが》えるに足《た》る理由《りゆう》は充分《じゅうぶん》にある。たしかに、闇《やみ》の魔法《まほう》使《つか》いたちが、よみがえりのいやしい代用品《だいようひん》をいろいろと試《こころ》み、「亡《もう》者《じゃ》」（4）を創《つく》り出《だ》した。しかし、操《あやつ》り人形《にんぎょう》の亡者《もうじゃ》は、真《しん》によみがえった人間《にんげん》ではない。さらに、「ビードルの物語《ものがたり》」でも、二番目《ばんめ》の兄《あに》の死《し》んだ恋人《こいびと》は真《しん》に死《し》からよみがえったわけではないことを明確《めいかく》にしている。恋人《こいびと》は、二番目《ばんめ》の兄《あに》を「死《し》」の腕《かいな》に誘《さそ》い込《こ》むために、「死《し》」によって送《おく》り込《こ》まれたのであり、だからこそ冷《つめ》たく、よそよそしく、存在《そんざい》と非存在《ひそんざい》の間《あいだ》で二番目《ばんめ》の兄《あに》を焦《じ》らすのである。（5）

残《のこ》る「杖《つえ》」に関《かん》しては、ビードルの物語《ものがたり》の隠《かく》されたメッセージを頑迷《がんめい》に信《しん》じる者《もの》たちの、そのありそうもない主張《しゅちょう》の拠《よ》り所《どころ》が、少《すく》なくとも歴史上《れきしじょう》に存在《そんざい》する。事実《じじつ》、どの時代《じだい》にも——自《みずか》らの栄光《えいこう》のためか、あるいは仮想《かそう》の攻撃者《こうげきしゃ》たちを脅《おど》かすためか、はたまた心底《しんそこ》そう信《しん》じていたためかは知《し》らぬが——通常《つうじょう》の杖《つえ》より強力《きょうりょく》な杖《つえ》、あるいは「不敗《ふはい》」の杖《つえ》を所持《しょじ》していると主張《しゅちょう》する魔法使《まほうつか》いは存在《そんざい》した。その中《なか》でも極端《きょくたん》な者《もの》は、自分《じぶん》の杖《つえ》が、「死《し》」の使《つか》った木《き》とされる「ニワトコ」材《ざい》でできているとまで主張《しゅちょう》した。そうした杖《つえ》は、「宿命《しゅくめい》の杖《つえ》」「死《し》の杖《つえ》」など、さまざまな名前《なまえ》で呼《よ》ばれた。

魔法《まほう》の道具《どうぐ》として、そして武器《ぶき》として最《もっと》も重要《じゅうよう》なものが杖《つえ》である以上《いじょう》、杖《つえ》にまつわる多《おお》くの迷信《めいしん》があるのは当然《とうぜん》のことである。ある種《しゅ》の杖同士《つえどうし》は（すなわちその持《も》ち主同士《ぬしどうし》も）相性《あいしょう》が悪《わる》いとされる。

柊《ひいらぎ》の杖《つえ》の女《おんな》が　樫《かし》の杖《つえ》の男《おとこ》と
結婚《けっこん》するのは　おろ樫《かし》い

杖《つえ》を、その持《も》ち主《ぬし》の性格《せいかく》になぞらえることもある。

ナナカマドは陰口屋《かげぐちや》
クリはのらくら者《もの》
トネリコは頑固者《がんこもの》
ハシバミは愚痴《ぐち》り屋《や》

何《なん》の根拠《こんきょ》もないことわざの類《たぐい》に、案《あん》の定《じょう》、ニワトコが登場《とうじょう》する。

ニワトコの杖《つえ》、永久《とこしえ》に不幸《ふこう》

「ビードルの物語《ものがたり》」に、「死《し》」がニワトコの木《き》で架空《かくう》の杖《つえ》を作《つく》るという話《はなし》があるせいか、または、権力欲《けんりょくよく》の強《つよ》いあるいは凶暴《きょうぼう》な魔法使《まほうつか》いたちが、自《みずか》らの杖《つえ》がニワトコでできていると執拗《しつよう》に主張《しゅちょう》してきたせいか、杖作《つえつく》りの間《あいだ》では、ニワトコ材《ざい》を嫌《きら》う傾向《けいこう》がある。

歴史上初《れきしじょうはじ》めて登場《とうじょう》するニワトコ材《ざい》の杖《つえ》は、「悪人《あくにん》エメリック」と称《しょう》される魔法使《まほうつか》いが所有《しょゆう》していた、きわめて強力《きょうりょく》で危険《きけん》な力《ちから》を持《も》つ杖《つえ》である。中世《ちゅうせい》の初期《しょき》、英国南部《えいこくなんぶ》に脅威《きょうい》をもたらしたこの桁外《けたはず》れの乱暴者《らんぼうもの》エメリックは、エグバートと呼《よ》ばれる魔法使《まほうつか》いと激烈《げきれつ》な決闘《けっとう》を繰《く》り返《かえ》していたが、最後《さいご》の戦《たたか》いに敗《やぶ》れ、若《わか》くして命《いのち》を落《お》としてしまう。エグバートのその後《ご》については知《し》られていないが、中世《ちゅうせい》の決《けっ》闘者《とうしゃ》たちは概《がい》して短命《たんめい》であった。魔法省《まほうしょう》が後世《こうせい》、闇《やみ》の魔術《まじゅつ》の使用《しよう》を規制《きせい》するようになるまで、決闘《けっとう》と言《い》えば即《そく》、死《し》を意味《いみ》するものだったからである。

それから一世紀《せいき》をへて、ゴデロットという名《な》の、これもまた好《この》ましからざる人物《じんぶつ》が、危険《きけん》な呪文《じゅもん》を集《あつ》めた書《しょ》を著《あらわ》し、闇《やみ》の魔術《まじゅつ》の学問《がくもん》を進歩《しんぽ》させた。ゴデロットのメモに、ある杖《つえ》の助《たす》けを得《え》てこの書《しょ》を執筆《しっぴつ》したとの記述《きじゅつ》がある。「接骨木《にわとこ》(6)の胴体《どうたい》を持《も》ち、最《もっと》も邪《よこしま》にして切《き》れ者《もの》である余《よ》の友《とも》は、最《もっと》も邪悪《じゃあく》なる魔法《まほう》の道《みち》を心得《こころえ》ている」(『最《もっ》も邪悪《じゃあく》なる魔法《まほう》』はゴデロットの代表作《だいひょうさく》の題《だい》となった)。

このように、ゴデロットは自《みずか》らの杖《つえ》のことを、協力者《きょうりょくしゃ》であり、それ以上《いじょう》に指南役《しなんやく》であると考《かんが》えていた。杖《つえ》の技《わざ》に通暁《つうぎょう》する者《もの》の間《あいだ》では、(7)杖《つえ》は、まちがいなくそれを使《つか》う者《もの》の知識《ちしき》を吸収《きゅうしゅう》する、という見方《みかた》で一致《いっち》している。しかしながら、どのように吸収《きゅうしゅう》するかについては、予測《よそく》が不可能《ふかのう》であり、かつ不完全《ふかんぜん》である。杖《つえ》が、ある特定《とくてい》の個人《こじん》に使《つか》われる際《さい》にいかなる能力《のうりょく》を発揮《はっき》するかについては、その杖《つえ》と使用《しよう》者《しゃ》との関係《かんけい》など、あらゆる追加的《ついかてき》な要素《ようそ》を考慮《こうりょ》しなければならない。とは言《い》え、多《おお》くの闇《やみ》の魔法使《まほうつか》いの手《て》をへた杖《つえ》を想定《そうてい》するならば、その杖《つえ》は、少《すく》なくとも、最《もっと》も危険《きけん》な魔術《まじゅつ》とよくなじむ傾向《けいこう》があると言《い》うことができよう。

大方《おおかた》の魔法使《まほうつか》いや魔女《まじょ》が、中古《ちゅうこ》の杖《つえ》よりも初《はじ》めて自分《じぶん》を選《えら》んでくれた新《あたら》しい杖《つえ》のほうを好《この》むのは、まさにこうした理由《りゆう》からだ。中古《ちゅうこ》の杖《つえ》は、以前《いぜん》の所有者《しょゆうしゃ》のくせを学《まな》んでいる可能性《かのうせい》があり、その所有《しょゆう》者《しゃ》と新《あたら》しい持《も》ち主《ぬし》との間《あいだ》で魔法《まほう》の相性《あいしょう》が悪《わる》い可能性《かのうせい》がある。杖《つえ》の持《も》ち主《ぬし》が亡《な》くなると、遺体《いたい》とともに杖《つえ》を葬《ほうむ》る（または荼毘《だび》に付《ふ》す）習《しゅう》慣《かん》には、特定《とくてい》の杖《つえ》があまりに数多《かずおお》くの持《も》ち主《ぬし》から学習《がくしゅう》することを防《ふせ》ぐ意味《いみ》がある。しかし、「ニワトコの杖《つえ》」の信奉者《しんぽうしゃ》たちは、この杖《つえ》が――新《あたら》しい持《も》ち主《ぬし》が前《まえ》の所有者《しょゆうしゃ》を屈服《くっぷく》させ、もしくは殺《ころ》したという経緯《けいい》から――常《つね》に新《あたら》しい持《も》ち主《ぬし》に忠誠心《ちゅうせいしん》を移《うつ》してきた杖《つえ》であり、葬《ほうむ》られもせず、荼毘《だび》にも付《ふ》されずに生《い》き延《の》び、通常《つうじょう》の杖《つえ》をはるかに超《こ》える英知《えいち》や力《ちから》をたくわえてきたと考《かんが》えている。

ゴデロットは、異常《いじょう》と言《い》える息子《むすこ》の手《て》で自宅《じたく》の地下室《ちかしつ》に閉《と》じ込《こ》められ、そこで非業《ひごう》の死《し》をとげたとされている。ゆえに父親《ちちおや》の杖《つえ》は、息子《むすこ》のヘレワードに奪《うば》われたと推測《すいそく》せざるを得《え》ない。そうでなければ、父親《ちちおや》は脱出《だっしゅつ》できたはずである。しかし、その後《ご》ヘレワードが杖《つえ》をどうしたかは定《さだ》かではない。わかっているのは、バーナバス・デベリルが「庭床《にわとこ》(8)の杖《つえ》」と呼《よ》んでいた杖《つえ》が、十八世紀初頭《せいきしょとう》に現《あらわ》れたということだけである。デベリルはこの杖《つえ》を使《つか》って、自分《じぶん》が恐《おそ》ろしい魔法戦士《まほうせんし》であるという評判《ひょうばん》を打《う》ち立《た》てたが、その恐怖統治《きょうふとうち》は、同《おな》じく悪名高《あくめいだか》いロクシアスによって終止符《しゅうしふ》を打《う》たれた。ロクシアスは、奪《うば》った杖《つえ》を「死《し》の杖《つえ》」と改名《かいめい》し、気《き》に入《い》らぬ者《もの》をすべてその杖《つえ》で葬《ほうむ》り去《さ》った。実《じつ》の母親《ははおや》をふくめて多《おお》くの者《もの》が、ロクシアスを殺《ころ》したと主張《しゅちょう》しているがゆえに、ロクシアスの杖《つえ》の、その後《ご》の足跡《あしあと》をたどるのは難《むずか》しい。

「ニワトコの杖《つえ》」の歴史《れきし》と称《しょう》される分野《ぶんや》の学徒《がくと》たる魔法界《まほうかい》の知識人《ちしきじん》

は、おしなべて杖《つえ》の持《も》ち主《ぬし》の魔法使《まほうつか》い(9)がみな、その杖《つえ》を「不敗《ふはい》の杖《つえ》」であると主張《しゅちょう》していることに気《き》づく。しかし、多《おお》くの持《も》ち主《ぬし》の手《て》に渡《わた》ったという事実《じじつ》は、その杖《つえ》が何百回《なんびゃっかい》となく敗北《はいぼく》したことを示《しゅ》すばかりでなく、「汚《よご》れたヤギのブツブツ君《くん》」がハエを引《ひ》き寄《よ》せるのと同《おな》じように、厄介事《やっかいごと》をも引《ひ》き寄《よ》せてきたことを明《あき》らかにしている。結局《けっきょく》のところ、「ニワトコの杖《つえ》」の探求《たんきゅう》とは、私《わたし》が長《なが》い人生《じんせい》でいく度《ど》となく述《の》べてきた見解《けんかい》を裏《うら》づけるものにすぎない。すなわち、人間《にんげん》は、自《みずか》らにとって最悪《さいあく》のものをほしがるくせがある。

とは言《い》え、「死《し》」からの贈《おく》り物《もの》を選《えら》べと言《い》われたなら、末《すえ》の弟《おとうと》の英知《えいち》を示《しめ》すことができる者《もの》がおるであろうか？　魔法使《まほうつか》いもマグルも、等《ひと》しく権力《けんりょく》への欲望《よくぼう》が染《し》みついている。されば、「宿命《しゅくめい》の杖《つえ》」

の魅力《みりょく》に抗《こう》することのできる者《もの》が何人《なんにん》いるであろうか？　愛《あい》する人《ひと》を失《うしな》った者《もの》は、人間《にんげん》であれば誰《だれ》が「蘇《よみがえ》りの石《いし》」の誘惑《ゆうわく》に抗《こう》することができるであろうか？　この私《わたし》、アルバス・ダンブルドアでさえ、「透明《とうめい》マント」を断《ことわ》るほうが容易《たやす》いと思《おも》うであろう。

すなわちそれは、私《わたし》のような賢者《けんじゃ》でも、ほかの者《もの》と同《おな》じく愚者《ぐしゃ》にすぎぬということをはっきりと示《しめ》しているのである。

（1）〔ＪＫＲ〕黒魔術と呼ばれる、死者を呼び覚ます闇の魔術のこと。この物語からも明らかなように、この分野の魔法は、一度として有効だったことはない。

（2）〔ＪＫＲ〕この引用により、アルバス・ダンブルドアが、魔法界の書物を広く読んでいるばかりでなく、マグルの詩人、アレクサンダー・ポープの『人間論』などの書にも通暁していることがわかる。

（3）「JKR」「透明マント」と呼ばれるものは、一般的に完全無欠ではない。破れることもあり、古くなれば半透明になったり、透明にする呪文の効果が弱まったり、「現れ呪文」で解除されたりすることもある。だからこそ、隠れたり姿を隠したりするために多くの魔法使いたちが最初に使うのは、「目くらまし呪文」なのだ。アルバス・ダンブルドアは、「目くらまし呪文」の達人であり、マントなしで完全に姿を隠すことができた。

（4）「JKR」「亡者」とは闇の魔術によって動かされる屍（しかばね）のこと。

（5）多くの評論家は、ビードルが「賢者の石」、つまり不老不死の霊薬である「命の水」の元となる石に触発されて、「蘇りの石」を創作したと考えている。

（6）ニワトコの別称の一つ。

（7）私もその一人だが。

（8）ニワトコの別称の一つ。

（9）「ニワトコの杖」を所持していると主張した魔女はいない。その意味するところは、読者の解釈にお任せする。

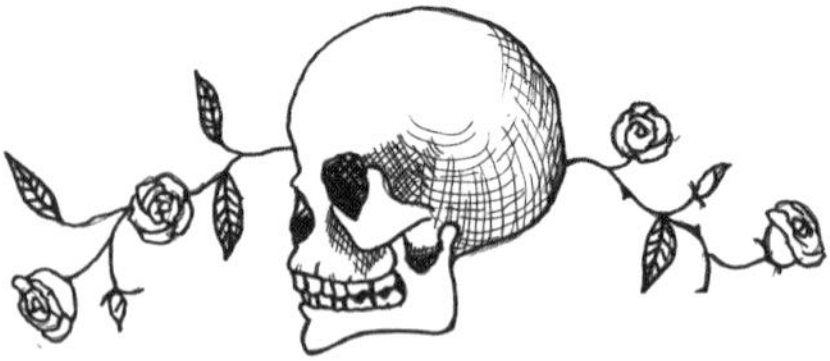

読者《どくしゃ》のみなさまへ

このユニークで特別《とくべつ》な一冊《さつ》をお買《か》い求《もと》めいただき、深《ふか》く感謝申《かんしゃもう》し上《あ》げます。あとがきのかたちを借《か》りて、脆弱《ぜいじゃく》な立場《たちば》にあるたくさんの子供《こども》たちの生活《せいかつ》を実質的《じっしつてき》に変《か》えようとしている私《わたし》たちの活動《かつどう》が、みなさまのご支援《しえん》のおかげでどんなに促進《そくしん》されるかについて、一言《ひとこと》ご説明《せつめい》させていただきます。

ヨーロッパには、ひとまとめにされて、施設《しせつ》で暮《く》らしている子供《こども》たちが百万人《まんにん》以上《いじょう》います。みなさまは孤児院《こじいん》のことかとお考《かんが》えになるかもしれませんが、実《じつ》は**孤児《こじ》たちではない**のです。社会福祉《しゃかいふくし》サービスの不備《ふび》とか、特定《とくてい》の人《ひと》たちへの差別《さべつ》という理由《りゆう》で、家族《かぞく》から引《ひ》き離《はな》され、施設《しせつ》に収容《しゅうよう》されているだけなのです。施設《しせつ》に暮《く》らす子供《こども》たちは、障害《しょうがい》をもっていたり、少数民族《しょうすうみんぞく》の出身《しゅっしん》だったり、家《いえ》が貧《まず》しかったりする子供《こども》が大部分《だいぶぶん》です。こうした施設《しせつ》では、子供《こども》たちの自《じ》我意識《がいしき》が育《そだ》ちにくく、成長《せいちょう》して能力《のうりょく》を伸《の》ばしていくために必要《ひつよう》な愛《あい》情《じょう》も、充分《じゅうぶん》に与《あた》えられないことがあります。

長期間施設《ちょうきかんしせつ》で暮《く》らした子供《こども》たちの多《おお》くが、健康上《けんこうじょう》や発育上《はついくじょう》の問題《もんだい》を抱《かか》えているという調査結果《ちょうさけっか》もあります。本来《ほんらい》あるべき子供時代《こどもじだい》を過《す》ごすことができず、将来《しょうらい》の機会《きかい》までも狭《せば》められてしまうのです。

施設《しせつ》に入《い》れられ、社会《しゃかい》から忘《わす》れ去《さ》られている子供《こども》たちの生《い》き方《かた》を変《か》え、未来《みらい》の世代《せだい》がこのような苦《くる》しみを味《あじ》わうことがないようにと、J《ジェイ》・K《ケー》・ローリングが設立者《せつりつしゃ》のひとりとなって、「ルーモス（*旧《きゅう》C《シー》H《エイチ》L《エル》G《ジー》）」が生《う》まれました。不利《ふり》な環境《かんきょう》に置《お》かれた子供《こども》たちの生活《せいかつ》を変《か》え、子供《こども》たちの声《こえ》やその話《はなし》に人々《ひとびと》が耳《みみ》を傾《かたむ》けるようにするために活動《かつどう》する慈善団体《じぜんだんたい》です。

ルーモスは、大所帯《おおじょたい》の施設《しせつ》を利用《りよう》することをやめ、子供《こども》たちが自《じ》分《ぶん》の家族《かぞく》と――本当《ほんとう》の家族《かぞく》や里親《さとおや》と、または同《おな》じ国籍《こくせき》の親《おや》の養子《ようし》となって――一緒《いっしょ》に暮《く》らせるようにすること、または小規模《しょうきぼ》のグループ・ホームで暮《く》らせるようにすることを目指《めざ》しています。

ルーモスは、子供《こども》たちや家族《かぞく》、施設《しせつ》への働《はたら》きかけから、各国政府《かっこくせいふ》

＊Children's High Level Group 児童ハイレベル・グループ

や国際的《こくさいてき》な意思決定機関《いしけっていきかん》などへの運動《うんどう》まで、七段階《だんかい》の活動《かつどう》を展開《てんかい》しています。そうすることで、上部《じょうぶ》の政策決定《せいさくけってい》が、子供《こども》たちに直結《ちょっけつ》した現場《げんば》の活動《かつどう》につながるようにしています。さらに、医療《いりょう》、教育《きょういく》、社会福祉《しゃかいふくし》サービスなどを改善《かいぜん》し、もっと身近《みぢか》なものにすることで、子供《こども》たち一人一人《ひとりひとり》が求《もと》めているケアと支援《しえん》が得《え》られるようにしています。

これまでに多《おお》くの成果《せいか》を上《あ》げることができましたが、立《た》ち向《む》かう課題《かだい》はあまりに大《おお》きく、すべての子供《こども》たちが家族《かぞく》と一緒《いっしょ》に暮《く》らせるようにするためには、一大変革《いちだいへんかく》が必要《ひつよう》で、時間《じかん》がかかります。単《たん》に施設《しせつ》を閉鎖《へいさ》してしまえばよいというものではなく、一人一人《ひとりひとり》に合《あ》わせて、それぞれの子供《こども》が必要《ひつよう》としているものが与《あた》えられ、権利《けんり》が尊《そん》重《ちょう》されるような、家族的《かぞくてき》な場《ば》を計画《けいかく》しなければなりません。それと同時《どうじ》に、地域《ちいき》に根差《ねざ》した社会福祉《しゃかいふくし》サービスを育《そだ》て、子供《こども》たちが親《おや》から引《ひ》き離《はな》されて施設《しせつ》に容《い》れられるような状況《じょうきょう》を、未然《みぜん》に防《ふせ》がなければなりません。そのためには、専門家《せんもんか》、為政者《いせいしゃ》、そして社会全体《しゃかいぜんたい》の考《かんが》え方《かた》や姿勢《しせい》を、大《おお》きく変《か》える必要《ひつよう》があります。

もっと活動《かつどう》の規模《きぼ》を広《ひろ》げ、より多《おお》くの国《くに》に普及《ふきゅう》させて、同《おな》じように絶望的《ぜつぼうてき》な状況《じょうきょう》にある子供《こども》たちを助《たす》けるためには、資金《しきん》が必要《ひつよう》です。

この本《ほん》をお買《か》い求《もと》めいただいたみなさまのご支援《しえん》に、心《こころ》から感謝《かんしゃ》申《もう》し上《あ》げます。この貴重《きちょう》な資金《しきん》により、ルーモスは、さらに何十万《なんじゅうまん》という子供《こども》たちに、あるべき姿《すがた》の子供時代《こどもじだい》と、確《たし》かな未来《みらい》を手《て》にする機会《きかい》を与《あた》えるための活動《かつどう》を続《つづ》けることができるでしょう。
私《わたし》たち組織《そしき》と活動《かつどう》についてよりくわしくお知《し》りになりたい方《かた》、ご自分《じぶん》ももっと深《ふか》く活動《かつどう》に関《かか》わりたいとお考《かんが》えの方《かた》は、ぜひ当団体《とうだんたい》のホームページ www.wearelumos.org をご覧《らん》ください。

感謝《かんしゃ》をこめて

ルーモス代表《だいひょう》
ジョージェット・ムルエア

J.K.ローリング 作

1965年、英国南部に生まれる。母親の影響で6歳から物語を書きはじめたが、ハリー・ポッターを書くまでは、出版を考えたことはなかった。母親を亡くした1990年に、ロンドンのキングズ・クロス駅に向かう汽車の中で、突然ハリーという魔法使いの少年の構想を得たという。1997年に出版された『ハリー・ポッターと賢者の石』がベストセラーとなり、「ハリー・ポッター」シリーズ全7巻は、世界中で4億冊以上を売り上げた。2001年、大英帝国勲章(OBE)を受章。2014年現在は、小説のほか映画や舞台の脚本をも手がけている。エディンバラ在住。

松岡佑子《まつおかゆうこ》 訳

同時通訳者、翻訳家。国際基督教大学卒、モントレー国際大学院大学国際政治学修士。日本ペンクラブ会員。スイス在住。訳書に「ハリー・ポッター」シリーズ全7巻のほか、『サイレンの秘密』「少年冒険家トム」シリーズ全3巻(以上静山社)などがある。

静山社ペガサス文庫

ハリー・ポッター 23
吟遊詩人《ぎんゆうしじん》ビードルの物語《ものがたり》

2015年2月 5 日　第1刷発行
2024年5月15日　第4刷発行

作者　J.K.ローリング
訳者　松岡佑子
発行者　松岡佑子
発行所　株式会社静山社
〒102-0073 東京都千代田区九段北1-15-15
電話・営業 03-5210-7221
https://www.sayzansha.com
装丁　城所 潤(ジュン・キドコロ・デザイン)
印刷・製本　中央精版印刷株式会社

ISBN 978-4-86389-253-8　Printed in Japan
Published by Say-zan-sha Publications Ltd.

「静山社《せいざんしゃ》ペガサス文庫《ぶんこ》」創刊《そうかん》のことば

小《ちい》さくてもきらりと光《ひか》る、星《ほし》のような物語《ものがたり》を届《とど》けたい――一九七九年《ねん》の創業《そうぎょう》以来《いらい》、静山社《せいざんしゃ》が抱《いだ》き続《つづ》けてきた願《ねが》いをこめて、少年少女《しょうねんしょうじょ》のための文庫《ぶんこ》「静山社《せいざんしゃ》ペガサス文庫《ぶんこ》」を創刊《そうかん》します。

読書《どくしょ》は、みなさんの心《こころ》に眠《ねむ》っている想像《そうぞう》の羽《はね》を広《ひろ》げ、未知《みち》の世界《せかい》へいざないます。読書体験《どくしょたいけん》をとおしてつちかわれた想像力《そうぞうりょく》は、楽《たの》しいとき、苦《くる》しいとき、悲《かな》しいとき、どんなときにも、みなさんに勇気《ゆうき》を与《あた》えてくれるでしょう。

ギリシャ神話《しんわ》に登場《とうじょう》する天馬《てんま》・ペガサスのように、大《おお》きなつばさとたくましい足《あし》、しなやかな心《こころ》で、みなさんが物語《ものがたり》の世界《せかい》を、自由《じゆう》にかけまわってくださることを願《ねが》っています。

二〇一四年《ねん》

静《せい》山《ざん》社《しゃ》